E-Z DICKENS SUPERHRDINA KNIHA ČTYŘI

NA LEDĚ

Cathy McGough

Stratford Living Publishing

ISBN: 978-1-998480-23-4

Cover Art Powered by Canva Pro.

Obsah

Pro superhrdiny všedního dne.

"Prostě nemůžeš porazit osoba který se nikdy nevzdává."

Babe Ruth

PROLOG

DALŠÍ DEN BYL ŠKOLNÍ den, ale vzhledem k blížícímu se konci světa se tam E-Z ani Lia nechystaly.

"Mám velmi špatný pocit," řekla Lia.

Byl čas snídaně a ona a E-Z byli sami. Sam a Samantha ještě spaly, stejně jako dvojčata Jack a Jill.

"Jaký špatný pocit?" zeptal se a nacpal si do pusy další lžičku cereálií.

"Víš, jak se mi včera večer zdálo, že jsem něco slyšela?"

"Ano, ale říkal jsi, že to byl planý poplach. Že ty zvuky zmizely a všechno se vrátilo do normálu."

"Bylo a nebylo. Těžko se to vysvětluje. Slyšel jsem, jak na mě Rosalie volá, a pak přestala. Už to nezkoušela, takže jsem si myslel, že je všechno v pořádku. Ale teď mám strach, protože jsem se jí snažil dovolat a nešlo to. Na žádnou z mých zpráv neodpověděla. Myslím, že bychom měli jít a zkontrolovat ji. Jen pro jistotu. Uleví se mi, když to budu vědět. Jinak dneska nebudu moct nic udělat."

"Možná spí doma? Nebo jí došla baterka v telefonu." Dopil sklenici pomerančového džusu a odstoupil od stolu. Nádobí dal do myčky.

"Možná. Ale stejně bych ji rád viděl."

"Pojďme ji navštívit, aby ses uklidnila," řekl a zavolal si taxi. "Doufám, že nás pustí dovnitř. Koneckonců nejsme příbuzní."

Zamířili přes město a na recepci se zeptali na Rosalii. "Vy dva jste příbuzní?" zeptala se žena. Oba řekli, že ne. "Posaďte se, prosím," řekla.

"Vidíš," zašeptala Lia. "Vypadala mazaně. Jako by něco skrývala."

"Jo, to jsem taky viděla. Ale možná si to jen představujeme, protože se bojíme o Rosalii. Jediné, co můžeme dělat, je čekat a snažit se být zaneprázdnění. Jsme tady a nehneme se z místa, dokud neuvidíme, že je v pořádku."

O třicet minut později stále čekali. a s přibývajícím časem byli stále neklidnější.

Lia vstala. "Už nemůžu čekat."

E-Z řekl: "Páni! Počkejte chvíli." Znovu se posadila. "Dejme tomu ještě třicet minut, než se na ně vrhneme."

"Co to znamená, že se na ně vrhneme?" Lia se zeptala.

"Pořád zapomínám, že nejsi odsud. Znamená to jít na něco se všemi zbraněmi v ruce. Jako poslední možnost. Je to samozřejmě řečnický obrat. I když někteří pošťáci to vzali doslova."

"Vsadím se, že kdybychom byli dospělí, už by s námi mluvili. Někdy mě štve, že jsem dítě."

"Má to své výhody," řekl E-Z. "Zkus si zahrát nějakou hru na telefonu nebo si přečíst knížku. Zabije to čas, a když budeme trpěliví, budou k nám vstřícnější."

"Škoda, že jsem si nevzal sluchátka. Mohl jsem si poslechnout nové písničky Taylor Swift."

"Tady máš," řekl. "Můžeš si půjčit moje."

Uběhlo dalších třicet minut a E-Z se klidně vrátil k pultu. Lia zůstala vzadu a poslouchala hudbu. Ohlédl se. Měla zavřené oči. Ani si nevšimla, že je pryč.

"Ehm, ví se něco o tom, kdy můžeme Rosalii vidět?" zeptal se.

"Promiň, ale někdo za tebou přijde. Ví, že tu na ni čekáš." Žena cvakla do klávesnice. Když se E-Z nepohnul, učinila druhý pokus, aby ho pobídla. "Mluvila jsem osobně se svým manažerem. Přijde si s vámi promluvit, jakmile to bude možné. Prosím, připojte se ke svému příteli." Mávla rukou směrem k Lii, která byla zaneprázdněná telefonem.

E-Z se neochotně vrátil k Liině boku. Pozoroval, jak se kolem něj míhají lidé. Někteří byli obyvatelé, kteří tlačili chodítka. Několik jich bylo na invalidních vozících, které tlačili ošetřovatelé, zatímco jiní sami drncali na kolečkách. Většina obyvatel se jeho směrem usmívala, několik jich mávalo. Zajímalo ho, kolik z nich přijímá pravidelné návštěvy. Doufal, že většina ano.

Když se dveře otevřely a zavřely, do nosu mu pronikla vůně oběda a v žaludku mu zakručelo.

Zajímalo ho, jaké pochoutky si dnes obyvatelé dávají. Možná rybu s hranolky. Možná malý koláč a la mode. Přál si, aby si dal větší snídani, když mu Lia vrátila sluchátka.

"Nějaké štěstí s urychlením? Umírám hlady!"

"Já taky, a ne tak docela. Říkala, že za námi brzy přijde vedoucí, ale nechápu, proč Rosalie prostě nepřijde sama a nepodívá se na nás. O co jde?"

"Necítím tady její přítomnost," řekla Lia. "Jako bychom byli odpojeni. Ta hudba mi pomohla na chvíli odvést pozornost, ale teď na ni zase myslím a mám hlad. To není dobrá kombinace."

"Rozumím ti," řekl E-Z, když k nim přistoupila vysoká žena s identifikačním odznakem generálního ředitele a představila se.

"Jmenuji se Eleanor Wilkinsonová a jsem tady generální ředitelka." Potřásla jim rukou. "Vyrozuměla jsem, že vy dva jste přátelé Rosalie. Navštívili jste ji tu už někdy?"

"Ne, ještě jsme tu nebyly," řekla Lia. "Ale jsme s ní přátelé, blízcí přátelé. A máme o ni strach. Neodpovídá na moje esemesky ani nezvedá telefon." "A co se děje?" zeptala se.

Paní Wilkinsonová řekla: "Je mi líto, že vám to musím říct, ale Rosalie někdy v noci zemřela. Čekáme, až dorazí její nejbližší příbuzní. Nebydlí poblíž.

"Omlouvám se, že jsem vás nechala tak dlouho čekat. Ale potřeboval jsem s nimi mluvit dřív, než s vámi. Rozumíte mi. Máme zásady, které musíme dodržovat."

Lia padla zpátky na židli a propukla ve vzlyky, zatímco E-Z ji vzal za ruku a několik vteřin tiše seděli, než se zeptal: "Co se jí stalo?"

"Vyšetřuje se to," řekl Wilkinson. "Je mi líto, ale víc vám nemůžu říct. Ledaže bys byl z rodiny. Je mi líto vaší ztráty."

"Znamenala pro mě celý svět," řekla Lia.

"Jak jste se s ní seznámila?" Wilkinson se zeptal. "Byla to skvělá dáma. Všichni ji milovali." "Seznámili jsme se přes kamaráda," zalhala Lia.

"To je zajímavé," řekl Wilkinson, "vzhledem k vašemu věkovému rozdílu."

"Myslíš proto, že já jsem dítě a ona ne? Teda nebyla," zeptala se Lia naštvaně. Postavila se na nohy.

"Promiň, nechtěla jsem tě naštvat. Samozřejmě, že spousta zdejších obyvatel by ráda měla kamarády, se kterými by si mohla povídat. Zejména děti se zájmem, jako jste vy, kterým by mohly vyprávět své živé příběhy. Aby se na ně po jejich odchodu nezapomnělo."

"Na Rosalii budeme vždycky vzpomínat," řekl E-Z.

"Můžeme ji vidět, abychom se s ní rozloučili?" Lia se zeptala.

"Obávám se, že to nepřipadá v úvahu. Máme nějaké procedury. Ale když nám na recepci necháte své údaje, telefonní číslo, můžeme vám zavolat. Abychom vám dali vědět, kdy se bude konat návštěva a pohřeb."

E-Z nechal na recepci své telefonní číslo. Chystali se nastoupit do taxíku, když si vzpomněl na knihu.

"Počkejte tady," řekl. "Hned jsem zpátky."

Přistoupil k recepci.

"Je mi líto, ale nemůžeme se smířit se smrtí naší přítelkyně Rosalie. Ne, dokud ji alespoň jeden z nás neuvidí. Slečna Wilkinsonová říkala, že nemůžeme dovnitř, ale mohl bych jen tak nakouknout do pokoje? Dlouho bych se nezdržel. Takže můžu kamarádce říct, že jsem Rosalii viděla, a potvrdit, že už není mezi námi? Tolik toho prožila, když přišla o oči a tak. Ulehčilo by jí, kdyby to s jistotou věděl někdo, koho zná a komu věří."

"Ach, chudinka malá. Chápu ji. Pojď se mnou," řekla žena. Když byla na druhé straně stolu, požádala kolegyni, aby ji zastoupila. "Hned se vrátím," řekla.

E-Z ji následoval hlouběji do nitra sídla seniorů. Bylo tam světlo, ne depresivní, jak slyšel, že tento typ domovů může být, ale velmi ticho. Nejspíš proto, že si všichni pochutnávali na obědě v jídelně. Znovu mu zakručelo v žaludku.

"Všichni jsou v jídelně," řekla žena, jako by věděla, na co myslí. "Dneska je den ryby s hranolky a k tomu červené želé a šlehačková poleva. Nesmírně oblíbené jídlo, ke kterému se chce každý dostat. Kdykoli jindy by tě tam nemohli pustit, protože by se tam motalo příliš mnoho lidí."

"Určitě to tu voní," řekl E-Z. "A díky za pomoc, já, my, si toho opravdu vážíme."

Zastavila se a otevřela dveře.

"Tohle je Rosaliin pokoj. Počkám tady. Máš dvě minuty nebo míň, kdyby mě někdo zahlédl."

"Ještě jednou díky," řekl E-Z, když se za ním zavřely dveře. Bylo to tu divně cítit, jako by tu byl táborák. Rozhlédl se po místnosti a hledal kamery. Pokud věděl, žádné tam nebyly.

Pod bílým prostěradlem byl jejich přítel zakrytý od hlavy až k patě. Přistoupil blíž, bojoval s nutkáním utéct, ale potřeboval to vědět jistě, přesvědčit se na vlastní oči. Odhrnul prostěradlo a sledoval, jak padá na zem jako duch.

Okamžitě mu do chřípí zaútočil zápach. Jako při grilování. Spálené maso. A uviděl Rosaliinu ruku visící dolů, pokrytou popáleninami a puchýři. Co se jí to stalo? Kdo a proč jí udělal tu strašnou věc?

Odsunul židli a rozhlédl se po místnosti, která byla bez poskvrnky a bez známek ohně. Tady se to stát nemohlo. Když ne, tak kde? Přestěhovali ji potom do tohoto pokoje?

Žena u dveří zaklepala. "Prosím, pospěšte si!" řekla.

Otevřel zásuvku jejího nočního stolku. Byla tam. Kniha, o které jim Rosalie vyprávěla. Ta, do které zaznamenala informace o ostatních dětech.

"Čas vypršel," řekla žena.

E-Z zastrčil knihu za záda. Stiskl tlačítko, aby se otevřely dveře, a vrátili se k recepci.

"Děkuji," řekl. "Od mého přítele a ode mě. Dali jste nám klid. Dejte nám prosím vědět, kdy se bude konat pohřeb a návštěva. A ještě jedna věc, všiml jsem si, že měla na těle popáleniny. Byli při požáru zraněni i další obyvatelé?"

"Ach jo," řekla žena. "Já nevím. O požáru jsem nic neslyšela. Tělo jsem neviděla; myslím Rosalii osobně. Jen mi řekli, že zemřela. O podrobnostech nic nevím."

"To je v pořádku," uklidňoval ji E-Z. "Nic ti neřeknu. Vážím si všeho, co jsi udělala. Děkuji vám."

"Tady k žádnému požáru nedošlo," řekla. "Pokud vím, nespustil se žádný alarm. Nebyla zavolána žádná hasičská auta. Já... ach jo."

E-Z mávl rukou a odstoupil od pultu. Žena si stále brebentila pro sebe. Usoudil, že bude nejlepší, když odtamtud vypadne.

Řidič pomohl E-Zovi nasednout na zadní sedadlo vedle čekající Lii a pak uložil jeho vozík do kufru vozidla.

"Trvalo vám to celou věčnost," postěžovala si Lia. "Co je to?"

Pokusila se vzít knihu, ale E-Z ji stále držel v ruce. Všiml si, že poplatek na taxametru už byl vyšší, než měl u sebe.

"S tím se nedalo nic dělat. Kradmo jsem se podíval na Rosalii. A popadl jsem tohle. Je to ta kniha, o které nám vyprávěla. Podíváme se na ni, až budeme doma." "Máš nějaké peníze?" zašeptal.

Mezi nimi dvěma neměli dost peněz na zaplacení taxíku.

"Budeš muset požádat mámu nebo strýčka Sama, aby nám pomohli," řekl, když řidič zastavil u domu.

Řidič pomohl E-Zovi zpátky do křesla, zatímco Lia vběhla dovnitř. Vyšla ven s dostatkem peněz na zaplacení jízdného a řidič odjel.

"Peníze mi dal Sam."

"Ptal se, na co to je?"

"Ne, ale očekávám, že se zeptá."

Uvnitř se Sam a Samantha motaly kolem kuchyně. Snažily se narychlo připravit snídani, zatímco dvojčata jim serenádovala hladovým křikem.

"Proč nejste ve škole?" Sam se zeptala.

"Vysvětlím ti to později. Ehm, můžeme ti pomoct?"

"Ne, ale děkuju," řekla Samantha. Začala Jacka krmit.

Sam přikývla a pustila se do krmení Jill.

E-Z a Lia vešli do jeho pokoje a zavřeli dveře. Alfred si četl noviny.

"Rosalie je mrtvá," vyhrkla Lia, pak padla na kolena a vzlykala, zatímco E-Z ji objal kolem ramen a Alfred se k ní vrhl. Všichni tři se objali a plakali, dokud jim nezbyly slzy.

"Co to tam máš?" Alfréd se zeptal.

"Vzala jsem tu knihu."

Lia ji zvedla, pak se postavila a přitiskla si ji na hruď, jako by objímala kamarádku, místo toho to všechno viděla. Rosalie v Bílém pokoji. Fúrie v Bílém pokoji s ní. Hořící knihy. Padající police. Všude oheň.

Lia padla na kolena.

"Byla tak statečná. Tak moc statečná."

"Viděla jsi ten oheň?" Zeptal se E-Z. "Co se stalo?"

"Věděl jsi o tom požáru?"

Přikývl.

"Proč jsi mi to neřekl?" Na tu otázku už znala odpověď. Chránil ji před pravdou. "Když jsem se té knihy dotkl, všechno jsem viděl. Rosalie byla v Bílém pokoji. A Fúrie tam byly s ní. Chtěly, aby jim řekla o nás a o ostatních dětech. Mučily ji, ale ona se nedala."

"Proč nám nezavolala?"

"Zkoušela to. Nevěděla jsem, že jde o život. Odešlo to, takže jsem si myslela, že je všechno v pořádku."

"Není to tvoje vina," řekl E-Z.

"Zemřela sama, pod regály s knihami, všude kolem ní hořely knihy. Takovou smrt si nezasloužila. Nikdo si nezaslouží takhle zemřít." Vzlykla do dlaní.

"Chudák Rosalie," řekl. "Mohla mě přivolat. Udělala to už dřív. Proč mě nepřivolala?"

"Protože by tě vystavila nebezpečí. Zemřela, když nás chránila."

"Takže Fúrie se z ní snažily dostat naše jména a jména ostatních dětí a ona se obětovala, aby nás zachránila? Aby udržela naše tajemství. Jak úžasná žena Rosalie byla. Nikdy na ni nezapomeneme - nikdy," řekl Alfred a bojoval se slzami. "Zaslouží si medaili. Medaili cti."

"Počkejte, možná ji zablokovali, aby nám zavolala?" E-Z se ozval.

"Poslala mi sice SOS, ale to už udělala dřív. Jednou to udělala, když jim v domově došel čaj a ona to chtěla ventilovat. Nevěděla jsem, že tohle SOS znamená, že je v ohrožení života."

"To jsi nemohla vědět. Nikdo z nás to nemohl vědět. Nemůžeme si to vyčítat." Všichni tři ztichli. "Počkejte, podíváme se do té knihy."

"Je to všechno, co nám řekla, že to bude. Kompletní seznam s podrobnostmi o všech dětech, které jsou jako my. Díky bohu, že se k tomu nedostaly Fúrie!" "To je pravda!" zeptal se.

"Hej, počkejte!" E-Z se ozval. "Už jenom to, že ji mučili, aby zjistili informace o nás a ostatních - znamená, že Fúrie vědí, že všichni existujeme. To znamená, že ty děti jsou tam venku, úplně samy, a ani nevědí, co se chystá!

"Musíme se k nim dostat jako první. Protože je jen otázkou času, než - ať už se o nás dozvěděli jakkoli, oni - přijdou na to, kde jsou."

"Co když je to ale past, abychom Furii dovedli přímo k nim?" Alfred se zeptal.

"Nemyslím si, že vědí, kde nás mají hledat, jinak by tu přece byli, nebo ne?" Zeptal se E-Z. "Chci říct, že měli moment překvapení. Tím, že zabili Rosalii, dali najevo svůj náskok. Dali nám najevo, že o něčem vědí... nejspíš aby se nám dostali do hlavy, protože my tu velíme." "A co ostatní děti?" zeptám se. Lia se zeptala. "Jak se k nim dostaneme, aniž bychom si sami podali ruku?" "Nevím.

"Hadz? Reiki?" Ozval se E-Z. "Jestli mě slyšíš, potřebujeme tvůj příspěvek a tvou pomoc."

POP.

POP.

"Víš něco o Rosalii?" zeptal se.

"Ano, víme, a je to smutný, smutný příběh," řekla Hadz a křídly si utřela slzy. "Mučili ji tady v Bílém pokoji. A kdyby to nebylo dost zlé - úplně ji zničili a všechno v ní. Všechny ty krásné, okřídlené knihy - pryč. Rosalie je pryč. Pryč." Kvůli vzlykům už nemohla mluvit.

"Tak, tak," řekl Reiki. "A to není všechno. Nevíme, co se stalo s Rosaliinou duší." "Co se stalo?" zeptal se.

"Počkej, její tělo je v posteli v jejím pokoji na druhém konci města v domově seniorů. Možná je tam její duše s ní?" Zeptal se E-Z.

Reiki řekl: "Máte něco zapečetěného, uzavřeného, před vzduchem, před vším? Pokud ano, jdi pro to prosím okamžitě - pak se půjdeme podívat, jestli je Rosaliina duše s ní. Přesvědčíme ji, aby šla do kontejneru - dočasně -, než zjistíme, kde je její Lapač duší. Pevně doufám, že ho ty fúrie neunesly."

E-Z vyběhl do kuchyně, kde Sam a Samantha měly plné ruce práce s krmením dvojčat. "Máme ještě tu velkou termosku?"

"Ano, je ve skříňce nad ledničkou," řekl Sam a pak na syna zavrčel.

"Díky," řekl E-Z a zamířil zpátky do svého pokoje. "Bude to stačit?"

Bylo potřeba, aby nádobu odnesli oba.

"Počkej!" Alfred vykřikl, právě včas, aby je zachytil, než se Hadz a Reiki vynořili. "Možná bych vám mohl pomoct? Mám léčivé schopnosti. Vezměte mě s sebou. Zkusím to. Prosím."

POP

POP

FIZZLE

A všichni tři zmizeli a přistáli v Rosaliině pokoji.

"Tady je," řekl Alfréd a vyskočil na postel, opatrně, aby ji nezašlápl svýma pavučinovýma nohama. Zobákem nadzvedl prostěradlo, zatímco Hadz a Reiki se vznášeli opodál.

"Co bude dělat?" Reiki se zeptal.

"Pšššt," řekl Hadz.

Alfréd položil zobák na Rosaliino čelo a jedním ze svých křídel se dotkl jejího srdce. Nic se nestalo.

"Zkusím něco jiného," řekla labuť. Tentokrát se vznášel nad Rosaliiným tělem a přitiskl své čelo k jejímu. Opět nic.

"Zkusil jsi, co jsi mohl," řekl Hadz, "teď musíme zajistit její duši. Vyjdi ven, vyjdi ven, ať jsi kdekoli."

A právě tak se k nim Rosaliina duše snesla.

"Tady budeš v bezpečí," řekla Reiki, když duši přemluvili, aby vstoupila do nádoby, a pak víko pevně zavřeli.

POP.

POP.

FÍZL.

"Podařilo se vám jí pomoci?" Lia se zeptala, ale podle Alfrédova pohledu už znala odpověď. "Jsem si jistá, že ses snažil ze všech sil." Objala ho.

"Opravdu se snažil," řekl Hadz.

"Její duše je ale v bezpečí, tady... nikdo by ji neměl otevírat. Musí být v bezpečí, dokud nebude Lovec duší připraven si ji vzít."

"Možná by sis ji měl nechat u sebe?" Alfred řekl. "A díky, že jsem to mohl zkusit."

V E-Zově pokoji Trojice zformulovala plán, jak dát dohromady ostatní děti. Bylo rozhodnuto, že E-Z odcestuje do Austrálie za Lachiem - známým také jako Chlapec v krabici. Alfréd poletí na křídlech do Japonska, kde vyzvedne Haruta, chlapce, který byl opuštěn v lese. V neposlední řadě by Lia cestovala napříč USA pro Brandy, dívku, která se mohla vrátit zpět do života.

Jejich úkoly byly jasné - co budou dělat, až tam dorazí, už ne. Jiní byli různého věku, různých kultur, různých jazyků. Někteří by potřebovali svolení rodičů, někteří ne.

"Zajímalo by mě, co jim o nás Rosalie řekla?" zeptal se. Lia se zeptala.

"Můžeme se jich zeptat, až je uvidíme," navrhl Alfred.

"Zatím si musíme sbalit kufry a něco naplánovat. Já se tam dopravím na svém křesle, ale vy dva máte na výběr. Rozhodněte se, co vám bude nejlépe vyhovovat, a svůj plán realizujte. Věřím, že se rozhodnete správně, a čas běží."

"Jsem ráda, že jsi to řekl," řekla Lia, "protože si nejsem jistá, jestli tam chci letět letadlem. Přemýšlím, že nejlepší možností by byla Malá Dorrit, ale nejsem si jistá, jestli se jí to bude líbit. Odlétá s jedním pasažérem a vrací se se dvěma."

"Taky si nejsem jistý," řekl Alfréd. "Mohl bych tam letět z vlastní vůle - ale vzhledem k tomu, že Haruto je docela malý - musel bych ho v letadle doprovázet - ledaže by s ním letěli i jeho rodiče. Navíc se musím obávat nepříznivého počasí - a je to daleko."

"Jak jsem řekl, vy dva se rozhodněte, co vám bude nejlépe vyhovovat. Alfréde, pokud se rozhodneš letět letadlem - požádej strýčka Sama, aby za tebe vyřešil podrobnosti."

Trojice se připravila, že všechny děti přivede k sobě. Pak budou plánovat - jak porazit ty zlé fúrie. I kdyby to měl být jejich poslední plán v životě.

KAPITOLA 1

AUSTRÁLIE

E-Z BYL PRVNÍ Z týmu, který opustil Severní Ameriku. Létal po obloze na svém vozíku a užíval si svobody, kterou mu umožňoval volný vzduch.

Už jen z představy, že by měl v letadle ukládat svůj vozík, mu běhal mráz po zádech. Co kdyby se ztratil? Nebo se zničí? Nebylo to riziko, které by stálo za to podstoupit. Opustil by Batman svůj Batmobil? Nikdy.

I když si byl docela jistý, že by se musel vrátit letadlem s Lachiem. Nebylo by správné nutit kluka, aby letěl sám. Možná by pro něj udělali výjimku a nechali ho letět na vozíčku? Stálo by za to se zeptat. Přes ten most přejde, až se k němu dostane. Kromě toho nechtěl na jídlo v letadle ani MYSLET. Díkybohu měl teď s sebou obědový balíček.

Hrál si s mraky na vybíjenou - a jednou nebo dvakrát jimi přímo proletěl. Ale musel se soustředit. Koneckonců Austrálie byla na druhé straně světa.

Rosaliiny poznámky o chlapci v krabici nebyly tak užitečné, jak doufal. Přečetl si o jeho příběhu na internetu. Nejvíce ho zaujalo, že chlapec teď dává přednost zvířatům před lidmi. Po tom všem, čím si prošel, to dávalo smysl.

Chudák kluk byl tak zmatený, že když ho našli, zapomněl mluvit. E-Z věděl, že na světě existuje krutost, ale tohle bylo nevýslovné.

E-Z měl spoustu otázek, na které doufal najít odpovědi, například kde jsou Lachieho rodiče? Kdo ho krmil a čistil klec? Kdo ho tam dal? Proč?

V článku se psalo, že vyslali reportéry, aby chlapce vyfotili a zjistili, jak se mu daří, ale zvířata je k sobě nepustila. Ani když se snažili použít teleobjektiv. Straky na ně zaútočily a bombardovaly je. Podíval se na několik klipů s útoky strak - bylo to jako z Hitchcockova filmu Ptáci. Nakonec jedna ze strak odletěla i s reportérovým objektivem. Poté nechaly chlapce na pokoji.

E-Z doufal, že se mu podaří získat chlapcovu důvěru. A že mu budou důvěřovat i jeho zvířecí přátelé. Pokud ne, jeho cesta by byla zbytečná. No, ne tak docela zbytečný, kdyby se s chlapcem setkal a promluvil s ním. Chtěl by po tom, jak se k němu choval, pomáhat ostatním? To ukáže až čas.

Letěl nad Atlantikem. Touto trasou už letěl a právě tady se poprvé setkal s Alfredem. Telefon v kapse mu zavibroval - podíval se a byla tam zpráva od Lii.

"Jen jsem ti chtěl dát vědět, že cestuju s Malou Dorritkou."

"Rozhodl ses, že nakonec nepoletíš - letadlem -?"

"Malá Dorrit se objevila a je v mém rozvrhu."

"To zní jako plán." Poslal emoji se vztyčeným palcem.

"Kde jsi?" zeptala se.

"Kousek za Atlantikem. Voda, voda a ještě jednou voda."

Odpojili se a on přidal do kroku, přejel Afriku, kde spatřil Robben Island - vězení, v němž téměř třicet let věznili Nelsona Mandelu.

V žaludku mu kručelo; na sendvič v batohu neměl chuť. Proto se zastavil v Kapském Městě a doufal, že se mu podaří použít bankovní kartu, aby si mohl koupit něco k jídlu. Všiml si cedule podniku, kde prodávali "tradiční ryby s hranolky" s britskou vlajkou a kde přijímali bankovní karty. Odnesl si připravené jídlo a vyletěl na vrchol Lví hlavy. Poté, co dojedl jídlo, které bylo vynikající, si udělal selfie a pak pokračoval v cestě.

"Vzbuďte mě za dvě hodiny," řekl svému vozítku, které zavibrovalo a pak zrychlilo. Když se znovu probudil, překonával Indický oceán. Díky obrovské populaci hvězd všude kolem se necítil tak osamělý. Cestoval dál a cítil se vítězoslavně, že už je skoro u cíle, když na obzoru uviděl slunce, které se tlačilo na oblohu, aby ohlásilo nový den.

Pak ho měl přímo před sebou - spatřil pobřeží Austrálie. Byl nadšený, že ho uvidí na vlastní oči, zrychlil a vyrazil k němu. Uvědomil si, že má velkou žízeň, sáhl do batohu a vytáhl láhev s vodou, kterou vypustil. Prázdnou láhev vrátil do batohu, aby ji později zlikvidoval, a přestože byl ještě pořád dost plný ryby s hranolky, kterou předtím snědl. Rozhodl se, že se pustí do sendviče se šunkou a sýrem, který mu přibalil strýček Sam.

Letěl nad Západní Austrálií, teď už cítil horko, sundal si mikinu a dal si ji do batohu. Pokračoval do vnitrozemí v Severním teritoriu a přemýšlel, kde přesně by měl přistát, když k němu přiletěl drobný pták s peřím v odstínech modré barvy zvýrazněným černým kroužkem kolem krku.

"Pojď za mnou, E-Z," řekla. "Pozorovala jsem tě."

"Ehm, co jsi zač?" zeptal se.

"Já jsem víla Wren," řekla. "Pojď, on už čeká."

Doprovázela je skupina káňat.

"Neboj se," řekla víla vranka. "Jsou to naši průvodci."

Pozoroval jedinečnou podobu, v níž se pohybovaly bílé pruhy černoprsých káňat. Slyšel o poezii v pohybu, teď už přesně věděl, co to slovní spojení znamená.

Pak si všiml chlapce. Byl pod nimi a mával jim. E-Z mu mával zpátky. Kromě toho, že seděl na hřbetě mimořádně velkého ptáka, vypadal jako každý jiný kluk.

"Vítej v Austrálii," řekl. "Brzy se setmí, tak mě následujte. A mimochodem, můžeš mi říkat Lachie."

"Rád tě poznávám, Lachie! Už se nemůžu dočkat, až uvidím víc z vaší báječné země. Jen bych si přál zůstat déle."

"Tohle jsou lesy Savany," řekl chlapec. "Zhluboka se nadechněte a všimnete si vůně eukalyptu."

"Ano, voní to nádherně," řekl E-Z.

Cestovali dál, kamenitou krajinou, přes lužní lesy a billabongy. Nakonec dorazili do svého cíle v The Outliers.

"Tady bydlím," řekl chlapec. "Národní park Kakadu je největší australský suchozemský národní park s rozlohou přes 20 000 kilometrů čtverečních. Žiji tu spolu s rostlinami a zvířaty." Na hlavě mu přistál vílí vraník. "Aha, ty jsi zase unavený," řekl chlapec s úsměvem. Pak na E-Z: "Často potřebuje svézt."

Když dorazili na místo, které připomínalo tábořiště, chlapec řekl: "Vítej v mém domově." "Ahoj," odpověděl.

"Děkuji," řekl E-Z. "Určitě by se mi hodila sprcha nebo koupel a musím se vyčůrat."

"Vykopal jsem si tamhle za tím stromem takovou kobku. Budeš v bezpečí. Pak ti ukážu, kde je vodopád, abys ses mohl umýt."

"Vodopád, jo? Jsou tam nějací krokodýli?"

"Krokodýli tam jsou... ale jsou zvyklí, že používám vodopád. Jestli chceš, půjdu poprvé s tebou," řekl jsem.

"Ne, mám křídla a moje židle taky. Jestli uslyšíme nějaké silné šplouchání, tak odletíme!"

"Dobrá," řekl nejmladší. "Jen se vznášej v padající vodě - nepřistávej - a mělo by to být v pořádku. Já zatím seženu nějaké jídlo k večeři. Kdybys potřeboval pomoc, stačí zakřičet a já přiběhnu."

Jak se blížil k vodopádu, všiml si cedulí - a spousty z nich s nápisy NEBEZPEČÍ a VAROVÁNÍ. Jedna z nich říkala, že se v okolí vyskytují sladkovodní i mořští krokodýli. A jéje.

"Nahoru, na vrchol!" nasměroval svou židli. Vlezl rovnou do vody, obličejem napřed, a seděl tam a užíval si, jak voda padá přes něj a kolem něj. Zpočátku byla studená, ale když si na ni zvykl, bylo mu dobře.

Když se rozhlédl kolem sebe, vzpomněl si na emu, na kterém ho chlapec potkal. Připadalo mu zvláštní, že pták jeho velikosti - s těmi obrovskými křídly - nedokáže létat. Na internetu si přečetl o ptácích, kteří nemohli létat. Překvapilo ho, že na seznamu vedle emu, pštrosů, tučňáků, kasuárů a rejsců vidí i kiwi. Na internetu se dočetl, že se DNA krysáků změnila, takže nyní nemohou létat. Cítil se trochu provinile, že on, kluk, může létat, zatímco ti krásní ptáci ne.

Když byl čistý a v novém oblečení, zamířil zpátky k chlapci, který pilně připravoval jejich jídlo.

"Tohle je kozí švestka."

E-Z se zakousl. Chutnala úžasně.

"Tohle je jablko z červeného keře a tohle je černý rybíz."

E-Z snědl všechno a moc mu to chutnalo.

"Tak to byl náš dezert, musím připravit hlavní jídlo." Chlapec kopal a kopal, pak přišel s hrncem, který byl příliš horký na to, aby ho zvládl. Když klacíkem sundal pokličku, vůně toho, co uvařil, E-Zovi zvedla pusu.

"Tohle jsou slávky," řekl chlapec a položil jich pár na list.

"Jsou opravdu dobré. Nikdy předtím jsem slávky neochutnal."

Slunce se snášelo z oblohy. "Je čas jít spát," řekl chlapec.

"Ještě jednou děkuji, že jsem se cítil tak vítaný." E-Z zívl. Do té doby si neuvědomil, jak dlouho byl vzhůru.

"Budeš spát támhle nahoře," ukázal nahoru, na strom, na kterém byl domek a dolů vedl provazový žebřík. "Můžeš vyletět nahoru a zabrzdit se, aby ses ve spánku nepohyboval. Můj pokoj je támhle," ukázal na další strom s provazovým žebříkem vedoucím dolů a domkem na vrcholu.

"Teď spi," řekl Lachie. "Ráno všechno vyřešíme.

KAPITOLA 2

JAPONSKO

ALFREDA MOHL VYSADIT E-Z na cestě do Austrálie. Místo toho se rozhodl letět tradičním lidským způsobem - letadlem.

Sam musel chvíli vyjednávat, aby přesvědčil aerolinky, aby labuti trubačovi uvolnily místo. Natož pak jedno místo v první třídě. Sam využil svých konexí v práci, aby Alfredovi pomohl odletět ve velkém stylu.

V kabině se sluchátky na uších a šťastným motýlkem se Alfred cítil jako doma. Byl uvolněný a palubní průvodčí byl pozorný. Přesto se nemohl dočkat, až dorazí do Japonska. A na setkání s chlapcem jménem Haruto.

Alfred měl poblíž uložený batoh a v něm několik svačinek. Počkal, až bude mít opravdu hlad, než se pustí do sáčků s divokou rýží a divokým celerem. Spolu s jídlem měl i záložní baterii do telefonu a Samovu kreditní kartu se souhlasným dopisem, aby ji mohl používat.

Zatímco se díval z okna, jak mraky letí kolem, myslel na Haruta. Podle Rosaliiných poznámek byl mnohem mladší než ostatní děti. A neměla ani tušení, jaké má schopnosti - za předpokladu, že je má.

Alfréd měl v plánu nejdřív všechno vysvětlit Harutovým rodičům a doufat, že je přiměje, aby se k tomu přidali. Pak se uvolnit a podrobněji popsat, jak by Haruto mohl pomoci, jakmile potvrdí svou oblast působnosti, tedy jaké má schopnosti.

Nejtěžší by bylo přesvědčit je, aby dovolili svému malému synovi odcestovat do zámoří. Zaplatit nebyl problém - Sam říkal, že by k tomu měl použít svou kreditní kartu. Ale přimět je, aby souhlasili s tím, že labuť vezme jejich dítě do Severní Ameriky, to už by vyžadovalo nějaké přesvědčování.

Opřel se do sedadla a to se sklopilo.

"Dáte si něco?" zeptala se hezká obsluha.

Bylo dobře, že mu teď lidé rozuměli. Usnadňovalo mu to život, protože nebylo potřeba žádného překladatele.

"Šálek čaje by se hodil," řekl Alfréd. "V misce," dodal. "Tenhle zobák se do šálku dostává těžko."

Obsluha se usmála. O chvíli později se vrátila s miskou, sáčkem čaje, cukrem, mlékem a další miskou chladnější vody. "Pro případ, že by byl čaj příliš horký," řekla.

"Vskutku velmi pozorné," řekl Alfréd.

Nechal čaj vychladnout a dál se díval z okna. Bylo tak příjemné moci se posadit a vychutnávat si výhled. Aniž by se musel obávat velkých poryvů větru, sněhu, deště nebo dravců.

Nakonec se napil čaje s trochou mléka a cukru a pak si dal dávku.

Probudilo ho hlášení, že obsluha připravuje cestující na přistání. Celý let prospal!

Oknem měl výhled na letiště Haneda. Kolem něj viděl spoustu a spoustu čerstvé trávy, kterou mohl sníst. Trochu ochutnal a rýži s celerem si schoval na později.

Ještě dál se rýsoval obrys nejvyšší hory Japonska - hory Fudži. Sam měl pravdu, sedět na levé straně letadla bylo nejlepší místo, odkud bylo vidět to, čemu se říkalo srdce Japonska.

"Věděli jste, že v pátém patře je vyhlídková plošina? Odtud byste mohl mít lepší výhled na horu Fudži," řekla letuška Alfredovi.

"Škoda, že nemám víc času, ale děkuji vám. Snad cestou zpátky."

Obsluha mu dovolila vystoupit z letadla jako prvnímu. Postavili se do řady, aby se s ním rozloučili, jako by byl rocková hvězda.

Protože měl Alfred jen příruční zavazadlo a labutě nemají nárok na pas, vydal se z letiště hledat taxík.

Před cestou se podíval na internet, aby zjistil, jak si v Japonsku najmout taxi. Podle informací měl hledat červenou nálepku v pravém dolním rohu předního skla taxíku. Tato červená nálepka potvrzovala, že si lze taxi pronajmout.

Když nějaký s touto nálepkou našel, měl obrovskou radost. Přiletěl k otevřenému okénku a zobákem dal řidiči vzkaz. Na lístečku bylo uvedeno, kam potřebuje jet. Řidič byl milý a nevadilo mu, že přepravuje labutího pasažéra. Stiskl tlačítko na volantu, které otevřelo zadní dveře a Alfréd mohl nastoupit. Řidič dveře zavřel a vyrazili.

Haruto a jeho rodina žili v druhém největším japonském městě Jokohamě. Ačkoli se snažil prohlížet si památky včetně panoramatu města, jediné, na co dokázal myslet, bylo, jak přesvědčí Haruta a jeho rodinu, aby se zapojili do jejich boje proti Furiím.

Telefon v jeho batohu zavibroval. Sáhl dovnitř; byla to zpráva od E-Z.

"Teď je u Lachieho. Jak se ti daří v Japonsku?"

Psal zobákem, což se naučil, když cestoval do Japonska sám. Byl také rychlý a nedělal moc překlepů.

"Už jsem skoro v Jokohamě, jedu taxíkem. Doufám, že brzy dorazíme k Harutovi domů."

E-Z mu poslal emoji s palcem nahoru.

Alfredův syn rád stavěl roboty Gundam. V Jokohamě se stavěl obří robot. Až bude dokončen, bude měřit 59 stop, zjistil, když si o něm četl na internetu. Jeho syn by se rád podíval do Japonska, aby ho viděl. Od té doby, co zemřeli, se Alfred snažil na ně nemyslet, protože ho to rozesmutňovalo. Dnes, zde v Japonsku, se však rozhodl, že si prohlédne vše, co bude moci, jako by tam jeho rodina byla přímo s ním po jeho boku.

Život byl příliš krátký na to, aby byl i jako labuť neustále smutný.

Řidič zastavil před zahradním domkem se schody s květinami po obou stranách zábradlí. Řidič otevřel dveře a Alfréd vystoupil. Vyšel několik schodů, zastavil se a zakousl se do trávy, které bylo po obou stranách schodiště dostatek. Vzduch byl chladný a voňavý a soukromá zahrada před domem byla nádherná. Téměř nahoře si všiml, že přední část obklopující dům je velmi lákavá, vlevo u vchodu byl vodotrysk se sovou. Přesto měl dům samotný všechny žaluzie stažené, jako by nikdo nebyl doma. Určitě doufal, že ho tam někdo přivítá. Měl chuť na svačinu a trochu odpočinku.

Zaklepal zobákem na dveře. Hlas vycházel ze schránky poblíž středu dveří, na kterou nemohl dosáhnout, aniž by vzlétl - což také udělal.

"Jmenuji se Alfréd," řekl.

Dveře se otevřely a starší žena ho pobídla dovnitř. Následoval ji a přemýšlel, jestli někdo z týmu kontaktoval rodinu, aby se s ní před jeho příchodem seznámil.

Pokračoval za ní, protože jediné zvuky, které slyšel, bylo pleskání jeho pavučinových nohou o dřevěnou podlahu. Vnitřek domu byl plný dřeva - a vzduch naplňovaly voňavé orchideje. Starší žena ho zavedla do obývacího prostoru, který byl plný nábytku, většinou koženého. Žaluzie v zadní části domu byly roztažené - naskytl se mu pohled na plyšovou zeleň v zadní zahradě. Ukázala směrem k jednomu křeslu a on se do něj posunul.

Právě si udělal pohodlí, když se žena vrátila do místnosti s podnosem plným horkého čaje v páře a několika zákusky. Skoro to vypadalo, jako by ho čekala - buď to, nebo v Japonsku trvá vaření konvic mnohem kratší dobu.

Za ní stál malý chlapec, který se jí držel za nohu a schovával se za ní. Chlapec byl ve správném věku, aby se mohl jmenovat Haruto, ale protože četla, že by člověk neměl Japonce oslovovat křestním jménem, aniž by mu to někdo dovolil. Chlapec se co chvíli podíval na Alfreda a pak se zase schoval. Vypadal tak na čtyři, maximálně pět let a na sobě měl tričko Optimus Prime, krátké kalhoty a na nohou pantofle.

"Líbí se ti Optimus Prime?" Alfréd se zeptal.

Chlapec se usmál a vrátil se do svého úkrytu.

Žena ho odstrčila, aby mohla podávat čaj.

Alfréd měl v telefonu nastavený překladač. Přečetl si na displeji slova na přivítanou a řekl: "Kon'nichiwa." Alfréd se na něj podíval. Omluvil se za svou špatnou výslovnost.

"Je to Brit," řekl chlapec, a když to udělal, starší žena se zakřenila.

Alfreda překvapilo, jak dobře tento mladý chlapec mluví anglicky. "Aha, vy mluvíte anglicky. A ano, to jsem já. Jste chytrý, že jste si všiml mého přízvuku."

Tentokrát se chlapec podíval na ženu, než promluvil. Ta přikývla.

"Otec a matka jsou v práci," řekl. "Tohle je můj Sobo" (což v překladu znamená babička) "a já se jmenuji Haruto."

"Dobrý den," řekla žena také anglicky. "Měl by ses vrátit, později."

"Jmenuji se Alfred. Mohu vám říkat Haruto?" Chlapec přikývl a pak se na ženu zeptal: "Jak vám mám říkat?" "Ano," odpověděla žena.

"Sobo," řekla, "všichni mi říkají Sobo, protože jsem Harutova babička, jsem babička všech. Je rád, že se o mě může dělit."

Alfréd přikývl: "Moc mě těší, že vás oba poznávám."

"Poslala tě Rosalie?" zeptal se chlapec.

"Pamatuješ si na Rosalii?" Alfred se zeptal. Byl nadmíru potěšen, že mají tohle spojení - i když vědět předem, že Haruto umí anglicky, by mu možná ušetřilo trochu nervozity. Přesto se rozhodl poslechnout ženinu radu a zvedl se k odchodu.

"Můj otec pracuje nedaleko," řekl Haruto.

"Potřebuju si najít nějaké místo, kde bych mohl přespat. Můžete mi doporučit nějaké místo poblíž?"

Harutova babička dala Alfredovi adresu s návodem, jak se tam dostat pěšky.

"Zavolám našemu příteli, který hotel spravuje. Pomůže ti ubytovat se a později se můžeš připojit k mému synovi v kavárně."

"Děkuji," řekl Alfréd.

Procházka do hotelu byla krátká a on si užíval čerstvého vzduchu. Dokonce ochutnal japonskou trávu, která chutnala docela dobře, a dal si i pár doušků z fontány.

Pokoj byl malý, ale měl všechno, co potřeboval, a byl výjimečně čistý a dobře vybavený. Na nočním stolku měl lampu s podstavcem ve tvaru sovy. Cvakal jí a zhasínal a všiml si, jak se jí rozsvítily oči. Osprchoval se, převlékl se do jiného motýlka a pak se vydal do kavárny, kde se měl setkat s Harutovým otcem.

Telefon mu zazvonil; byla to opět zpráva od E-Z.

"Jak je v Japonsku?"

"Pěkně," odepsal a psal zobákem. "Potkal jsem Haruta a jeho babičku. Mluví anglicky. Je hodně plachý, ale poznal Rosalii. Byl nápadně mladý - možná čtyři nebo pět let. Možná bude těžké přesvědčit jeho rodinu, aby ho pustila do Severní Ameriky."

"Rosalie věděla, že má schopnosti - ale ano, je to mladší, než jsem si myslel," řekl E-Z. "Je dobře, že mluví anglicky. Kde jsi teď?"

"Jdu do kavárny za Harutovým otcem. Mimochodem, myslím, že Rosalie neměla čas aktualizovat nebo doplnit své poznámky o Harutovi. Mluvila o něm jako o dítěti."

"Nejsem si jistá, jak moc bychom se měli v této fázi znepokojovat, ale četla jsem na internetu - psalo se tam, že Fúrie na sebe mohou vzít jakoukoli podobu. Jen se s vámi o tu informaci dělím. Vzhledem k tomu, že je nemůžeme poznat, pokud se o nás dozvědí, budeme muset být opatrní."

Alfred poslal emoji se vztyčeným palcem.

"Už musím jít," řekl E-Z.

KAPITOLA 3

ZŁE SNY

E-Z SPAL A PROBUDIL se. To znamená, že viděl strop nad svou postelí a cítil, jak mu matrace podpírá záda. A přesto mu v hlavě ječely tři banshee:

"Řekni nám, kde jsi!"

"Řekni nám to!"

"Řekni nám to TEĎ!"

"Neeee!" vykřikl.

Pak se nad jeho hlavou na stropě objevilo zrcadlo. Ale osoba, která se v něm odrážela, nebyl on sám. Místo toho to byl jeho strýc Sam. A v odrazu jeho strýček Sam křičel a svíjel se v bolestech.

"Strýček Sam je v naší jeskyni!" vykřikla první čarodějka.

"A už z ní nikdy nevyleze!" - Uchechtly se unisono druhé dvě.

Pak všechny tři propukly v smích, jaký ještě nikdy neslyšel. Zvuky byly podobné hyenám, hrdelní, zvířecí.

"Mluvte!" dožadovaly se zlé čarodějky a šťouchaly do strýčka Sama, jako by to byl kus masa připravovaný před pečením.

"E-Z," řekl strýček Sam roztřeseným hlasem, jako by se jeho tělo odráželo. "Ať chtějí cokoli, nedávejte jim to. Ať mi udělají cokoli, nevzdávej se." "Ať mi udělají cokoli," řekl.

"Jestli mu ublížíš," řekl E-Z, "tak já, já...

"Řekni nám, kde jsi, kde jsou všichni, a my ho necháme jít," zpívali společně hlasem, který by v Hádu nepůsobil nepatřičně.

"Potřebujeme jen jednu nebo dvě stopy," řekl ten druhý.

"Řekni nám, kdo je kdo," - řekl první.

"Nebo se zbavíme víte koho," řekl třetí.

Pak se rozesmáli. Z jejich hlasů v hlavě ho všechno bolelo. Ale jemu se to jen zdálo. Musel se probudit - TEĎ.

Další smích.

E-Z se probudil a rychle si uvědomil, že je v Austrálii s Lachie, ne doma ve své posteli. Zkontroloval svůj telefon, ale měl jen jednu linku. Kontroloval ho tak dlouho, dokud neměl dost čárek, aby mohl zavolat strýčkovi Samovi. Aby se ujistil, že je v pořádku. Že to byla jen noční můra a nic víc.

Pod domkem na stromě slyšel, jak se Lachie pohybuje. Nejspíš připravoval snídani. Bylo dobré vidět, jak ten mladík žije. Jak se dal dohromady po tom všem, čím si prošel. Lidé byli docela pozoruhodní.

Ať už Lachie vařil cokoli, vonělo to lahodně a on měl v první chvíli chuť k němu zaletět a vyprávět mu o své noční můře. Ale něco vzadu v mysli mu říkalo, aby si to nechal pro sebe - prozatím. Furie přece nemohly vědět, kde žije. Kde žili všichni. Znovu zkontroloval čárky na svém telefonu - tentokrát tam nebyl ani jeden. Strčil si ho do kapsy a letěl dolů.

"Vyspal ses dobře?" zeptal se Lachie a lžící přeléval tekutinu z hrnce stojícího nad ohněm do misky.

E-Z ji přijal. "Zdál se mi divný sen, ale jinak ano. Je to tam příjemné. Díky za pohostinnost," řekl.

"Žádné starosti. Je tu spousta duchů. A pro tebe neznámé zvuky. Jestli si chceš o tom snu promluvit, klidně," řekl Lachie.

"Možná později.

"Dobře, klidně se do toho ponoř. Doufám, že ti houby chutnají.

"Miluju je," řekl E-Z a vložil si do úst velké množství horké polévky, ze které se kouřilo. "Je moc dobrá.

"Počkej, zapomněl jsem na ten tlumok - je to chleba. Rozbalil hliníkovou fólii, která ležela uprostřed ohniště, roztrhl ji na čtvrtiny a podal E-Zovi první část.

"Tohle je nejlepší chleba, jaký jsem kdy jedl! Jak ses naučil takhle vařit?

"Naučili mě to místní. Jsem rád, že ti chutná," řekl.

Seděli tiše, zatímco se na ně z oblohy usmívalo slunce. E-Z se snažil nemyslet na svou noční můru.

Vytáhl z kapsy telefon a znovu zkontroloval lišty. Nebyl tam skoro žádný. Miloval techniku - když fungovala.

"Teď, když máš plné břicho, si promluvíme o tom, proč jsi tady," řekl Lachiemu. "Především o tom, jak ti můžu pomoct.

E-Z nepromluvil, místo toho se s nadějí v srdci znovu podíval na svůj telefon. Nezdálo se, že by to Lachieho nějak trápilo, protože utrhl další kus tlumiče. Konečně se odhodlal a soustředil pozornost na to, co mu chtěl říct.

"Promiň, byl jsem myšlenkami milion mil daleko.

"To není problém. Chceš další tlumič?

"Ne, není třeba. Nejdřív by mě zajímalo, co ti Rosalie řekla o nás třech. Myslím tím Alfreda, Liu a mě," řekla.

"Ano, řekla mi o vás třech všechno. Bylo to, jako by tu byla se mnou a vyprávěla mi pohádku na dobrou noc. Čím víc mluvila, tím víc jsem vás chtěla poznat a pomoct vám," řekla.

"Jsem ráda, že mi chceš pomoct. Dovolte mi však, abych vám nejprve sdělila podrobnosti, než se do toho zapojíte. Ani pro jednoho z nás to nebude snadná cesta."

"Já se výzev nebojím," řekl Lachie. "Co ti o mně Rosalie řekla?

"Abych byl upřímný, moc mi toho neřekla, ale četl jsem o tobě na internetu. Zjistil jsi někdy, co se stalo tvým rodičům?

"Ne, a ani nechci. Jsem tu šťastná, soběstačná. Nikoho nepotřebuju."

"Každý potřebuje přátele," řekl E-Z.

"Možná.

"Řekla ti Rosalie o Furiích?

"Ne, ale říkala, že mě jednou zavoláš, až budeš potřebovat mou pomoc v boji proti zlu. A zmínila se o Furiích, o kterých jsem už slyšel.

"Opravdu? Co jsi slyšel?" zeptal se E-Z.

"Domorodci, od kterých se pokaždé dozvím něco nového, vědí o Furiích všechno. Zaměřují se na původní obyvatele, snaží se je potrestat a vytlačit z jejich území.

"To je pravda." Lachie vstal, polil oheň vodou a ujistil se, že je úplně uhašený.

"Já osobně věřím, že zlo musí existovat, aby dobro přežilo - ale musí existovat nějaký kodex - a oni se jím neřídí. Všechno, co dělají, dělají pro své vlastní přežití, a tak se žít nedá.

"To jsou moudrá slova pro dítě tvého věku," řekl E-Z. Poté, co je vyslovil, se cítil trochu trapně, jako by se příliš snažil být chytrý, protože byl starší z nich. "Myslím, že je ti asi sedm nebo osm let, nemám pravdu?

"Myslím, že ano, ale co se týče mého skutečného věku, nejsem si jistý. Když mě našli, nenašli žádné dokumenty, které by to dokazovaly. Myslím, že až se mi začne měnit hlas, budu mít lepší představu." Zasmál se.

"Do té doby si můžeš věk zvolit sám," navrhl E-Z.

"Stejně jako jsem si vybral své jméno," řekl Lachie. "Každopádně, ať už mě potřebuješ na cokoli, jdu do toho.

"U Furií se děje to, že používají internet. O internetu přece víš, ne?

"Ano, v knihovně mají wi-fi. Rád si čtu. Mytologie je docela fajn. A taky sci-fi."

"Fúrie používají online hry pro více hráčů, aby nachytaly děti. Většina dětí hraje hry, včetně mě," řekl E-Z.

"Hry jsou ztráta času," řekl Lachie. "To mě učili domorodí učitelé. Život je příliš krátký na to, abychom jím plýtvali na nesmyslnou zábavu."

"Všichni ale hry milují," řekl E-Z. "Mohl bych uvádět čísla po celém světě, ale podstatné je, že Fúrie tohoto fenoménu využívají. Jako by jim každé dítě, které si hraje, umožnilo přístup do svých srdcí a myslí."

"Jak to?"

"Abyste ve hře postoupili, musíte splnit seznam úkolů. To je jediný způsob, jak ve hře postoupit dál. Kdybys nesplnil, co se po tobě chce, hra by neměla smysl. Přitom to, co se po vás chce, je v reálném životě mnohokrát v rozporu se zákonem."

"Proti zákonu! Například čemu?" zeptal se Lachie.

"Například zabíjení.

Lachie zavrtěl hlavou.

"Je to hra, takže děláš to, co musíš, aby ses dostal na další úroveň." "To je hra.

"Dobře, myslím, že to chápu. Mandátem Fury bylo trestat ty, kteří páchali zločiny a zůstali nepotrestáni. Oni tento mandát překrucují, aby ublížili dětem, které hrají imaginární hru."

"Přesně tak, Lachie. Přesně tak. A když děti zemřou, ukradnou jim duše.

"Proč?"

"Slyšel jsi někdy o Lovcích duší?

"Ne," řekl Lachie.

"Když zemřeš, tvoje duše má místo věčného odpočinku. Říká se tomu Lovec duší. Ale tyhle děti nemají umřít, když si je Fúrie vezmou, takže na ně žádný Lovec duší nečeká.

"Jak to všechno víš?" zeptal se Lachie.

"Archandělé mi to nejen řekli, ale také ukázali. Několikrát jsem byl u svého Lovce duší. Zavolali mě tam. Ani jsem nevěděla, jak se jmenuje, dokud se tohle všechno nestalo. Není to nic, čím by se lidé měli zabývat. Většina si myslí, že jdeme do nebe nebo do pekla.

"Když byl tvůj Lovec duší připravený a ty jsi ještě dítě, proč nejsou připravené jejich duše?

"Dobrá otázka. O tom jsem dřív nepřemýšlel. Asi jsem předpokládal, že jsem zvláštní případ," řekl E-Z. "Ale vím, že archandělé něco zvorali. Něco, o čem nechtějí mluvit. Možná proto potřebují naši pomoc, aby to napravili.

"Ale jak to udělají? Tomu nerozumím," řekl.

"Ohnuli pravidla v naději, že převezmou kontrolu nad všemi Lovci duší. Když zemřeme, naše duše by měla jít k tomu, kdo na nás po smrti čeká. Neměly by být přenosné. Pokud je ovládnou všechny, každá duše nebude mít kam jít. To způsobí v posmrtném životě chaos. Takže teď, když jste to všechno slyšeli - jste stále pro?

"Ano, určitě. Kromě toho tu není nic lepšího na práci. Mělo by to být zajímavé dobrodružství."

"Pokud mám být stoprocentně upřímný," řekl E-Z, "nebude to snadné. Budeš spolu s námi riskovat život. Ale budeme se navzájem podporovat.

"Zvítězíme!"

"To doufám, ale nejdřív musíme vymyslet, jak se tam dostaneme. Strýček Sam pro nás má letenky. Musíme si je vyzvednout na nejbližším mezinárodním letišti. Už je zamluvil."

"To není třeba!" řekl Lachie. "Mám vlastní dopravu. Přiložil si dva prsty ke rtům a hvízdl.

Několik minut se nic nedělo.

"R---R---R---RRRRRRRRRRRRRRR." "Co to bylo?" zeptal se E-Z.

Lachie stál úplně klidně, když se stromy posunuly a šepotavě se pohnuly.

Pak E-Z uslyšel třepotání křídel. Ať už se blížilo cokoli, mělo to obrovská křídla.

Pak se tvor prodral listím stromů. Nebylo by to nic, co by se nehodilo do žádného z filmů o Harrym Potterovi.

"Je to drak?" zeptal se E-Z.

"Je to Aussiedraco," odpověděl Lachie. "Taky se mu říká pterosaurus, takže je místní. Na draka řekl: "Dobré ráno, kamaráde," a šel ho pozdravit. Obrovský šupinatý tvor sklonil hlavu. Lachie ho pohladil a pak mu skočil na záda.

"Tak pojď, E-Z, na co čekáš?" "Na co čekáš?" zeptal se.

"Ehm, mám svůj vlastní dopravní prostředek."

Lachie zaklonil hlavu a zasmál se.

"HAR-HAR-R-R-R-R!"

Tvor se přidal.

"Jmenuje se Baby," řekl Lachie. "Naskoč, protože Bejby tě chce svézt, a co Bejby chce, to dostane.

"Ale moje židle!"

Baby natáhl svůj dlouhý krk a zvedl E-Z. Bez židle si ho hodil na záda. E-Z se chytil Lachieho a Baby vyskočil do vzduchu.

"Pozor na stromy!" křičel E-Z.

Lachie a Baby se rozesmáli.

Letěli přes kilometry červeného písku.

Brzy se E-Z přestal bát.

Přeletěli několik skalních útvarů, z nichž jeden vypadal jako ležící Homer Simpson. Pak uviděli Uluru, obrovský červený monolit.

Celý den strávili letem nad Austrálií a kochali se výhledy.

"Měli bychom se vrátit," řekl Lachie. "Musíme se pořádně vyspat, než odletíme do Severní Ameriky a setkáme se se zbytkem týmu.

"To zní jako plán," řekl E-Z, čím dál víc si užíval jízdu a přál si, aby nikdy neskončila. Nespadl by - měl křídla, kdyby je potřeboval -, ale jedno věděl jistě, létání Bejby byl život.

Jen ho zajímalo, kde ji bude mít, až se vrátí domů. Drak byl příliš velký na to, aby se vešel do garáže. S tímhle problémem se vypořádá, až přejde most. Možná kdyby se s Malou Dorrit spřátelili, mohli by spát spolu?

"O mě se neboj," řekla Malá.

E-Z se na ni podíval a mrkl na ni.

"Ano, umím číst myšlenky. Ne pořád a ne u všech," - řekla Malá. "Místo na spaní si zařídím sama. Co se týče Malé Dorrit, no, jednorožci a draci spolu obvykle nevycházejí, ale já bych to klidně zkusila."

Dítě je vysadilo a odletělo do noci.

E-Z si vzpomněl na strýčka Sama, ale byl příliš unavený, než aby s tím něco udělal. Ráno mu zavolá. Samozřejmě že všechno bude v pořádku.

KAPITOLA 4

ODLET Z AUSTRÁLIE

DRUHÝ DEN RÁNO, KDYŽ se E-Z a Lachie připravovali na cestu, si povídali a lépe se poznali.

"Musím si dobít telefon a zavolat strýčkovi Samovi. Rád bych si udělal zastávku, abych obojí vyřídil, než opustíme Austrálii." "Cože?" zeptal se.

"Bez problémů, protože bych si taky rád vyzvedl pár zásob. Všechno můžeme udělat najednou. Já nakoupím, ty si můžeš nabít telefon a zavolat strýčkovi. Měl bych o něčem vědět?"

"Jen se mi zdál takový zvláštní sen. Chce se mi ho zkontrolovat, abych si nedělala zbytečné starosti."

"To je fér," řekl Lachie a uklidil nějaké věci na vaření, aby byly v bezpečí, než se vrátí. "Tohle místo mi bude určitě chybět."

"Já vím, a tví přátelé taky, ale poznáš nové a všichni se budou cítit jako doma. Navíc se vrátíš dřív, než se naděješ."

"To je to, co mi dělá starosti. Co když se nebudu chtít vrátit? Co když si zvyknu na to, že mám kolem sebe lidi? Na to, že mě budou rozmazlovat vymoženostmi?" Odmlčel se, když mu na ramenou přistály dvě straky, každá jedna. Ptáci ho lehce klovali do uší, jako by mu něco šeptali. Lachie se usmál a odletěli.

"Co říkali?" Zeptal se E-Z.

"Ehm, vlastně nic. Jen říkali, že mě mají rádi a že jim budu chybět." Havran se snesl dolů a přistál mu na rameni. "To je můj kamarád Erroll."

"Rád tě poznávám, Errolle," řekl E-Z. "Ehm, jak jste se vy dva spřátelili?" "Ano," odpověděl.

Lachie se zasmál. "Zvláštní, že se na to ptáš. Errol je tu s námi už strašně dlouho. Ve skutečnosti byl jeho dědeček mnohokrát mazlíčkem někoho, kdo by mohl být tvým vzdáleným příbuzným. Tedy pokud jsi příbuzný Charlese Dickense?" "Ano," řekl.

E-Z se naklonil a přikývl. Lachie měl teď rozhodně jeho plnou pozornost.

"Charles Dickens měl domácího krkavce, který se jmenoval Grip. Podle příběhů, které se po léta vyprávěly, to byl právě Grip, kdo inspiroval Edgara Allana Poea k napsání jeho nejslavnější básně nazvané Havran."

"Páni, to je super!" E-Z vykřikl.

"Ptáci jsou superinteligentní. Stejně jako domorodí stařešinové, kteří mě vzali pod svá křídla, když jsem poprvé přijel do vnitrozemí. Naučili mě číst a psát, připravovat jídlo. Také mě naučili, jak rozpoznat jedovatou flóru a faunu a jak se jim vyhnout.

"Každý den se něco naučím od tvorů, které potkávám a se kterými mluvím. Říká se, že za starých časů uměl se zvířaty mluvit každý - nejen já -, ale něco se změnilo. Myslí si, že se to stalo v našem mozku, ale ať už se všem ostatním stalo cokoli, mně se to nestalo."

"Jak poznali, že jsi jiný?"

"Říkají, že o mně slyšeli, když jsem se narodil a když jsem se stal tím chlapcem v krabici. Ještě než jsem se narodil, kolovaly o mně šeptem zvěsti po celém světě. Čekali na mě, to mi říkali už dlouho." "Cože?" zeptal jsem se.

"Jak dlouho?" E-Z se zeptal.

"Nechci, aby to znělo velkohubě, ale prý o mně věděl Mozart - měl domácího špačka a žil v sedmnáctém století. To je novější. Před ním se to dá vystopovat až k Vergiliovi v roce 70 př. n. l. Věděl jsi, že měl domácího mazlíčka mouchu?"

"Vážně? Mouchu - domácího mazlíčka?"

"Mluvil jsem s mouchou z křoví, která byla příbuzná s Vergiliem - jmenovala se Leonard, zkráceně Leo, a všechno mi potvrdila." Lachie zvedl květináč a schoval ho do křoví spolu s dalšími věcmi. "Taky jsem si povídal s příbuzným papouška Andrewa Jacksona. Jacksonův pták se jmenoval Pol - byl to dárek pro jeho ženu - a byl to sameček, ale protože jeho příbuzná byla samička, jmenovala se Polly. Měla zvláštní smysl pro humor!"

"To zní podobně. Uh, doufám, že si budeme moct ještě popovídat, ale musím se tě zeptat na tvé zvláštní schopnosti - a brzy bychom měli vyrazit na cestu, tedy pokud máš všechno bezpečně schované."

Lachie přikývl: "Jistě. Už jsem skoro připravená. Jen musím zajistit ještě pár věcí. Proč mi zatím nejdřív neřekneš něco o sobě."

"No, už jsi mě a mé křeslo viděl v akci - ano, umíme létat. Moje křeslo má zvláštní schopnosti, kromě létání umí také chytat zločince a má chuť na krev. Jsme dvojice, já a moje křeslo, jako Batman a jeho Batmobil."

"Super!" Lachie řekl. "Ale s tou krví je to trochu divné."

"Waste not want not, nevím, kdo to řekl, ale moje židle s tím zřejmě souhlasí. Místo aby ji nechalo kapat do země, tak ji nasává.

"Naše první záchrana byla malá holčička - zachránili jsme ji před srážkou s autem. Pak jsme zachránili letadlo plné cestujících. Nechci se chlubit a jsem si jistý, že jste pochopili, o co jde. Díky pomoci druhým jsem zjistil, že jsem teď super silný a moje židle taky. Jo, a taky jsme neprůstřelní."

"Chceš říct, že po tobě lidé stříleli?"

"Ano, měli jsme několik situací, kdy se jednalo o zbraně. Teď je řada na tobě."

Mojí nejúžasnější schopností je, jak už jsi viděla - dokážu mluvit s jakýmikoliv tvory, s jakýmikoliv. Vlastně včera, když sis myslel, že mluvíš s Baby, no, tak trochu jsi mluvil, ale kdybych tu nebyla, tak by mluvila bláboly. Ona s tebou komunikuje, mým prostřednictvím. Jsem jako síť, bezpečnostní síť. Můžu ji vypnout nebo otevřít, podle toho, jak se rozhodnu.

"Když jsem byla v té kleci, zvířata seděla venku a žvatlala. Někdy jsem si myslela, že se mnou komunikují, ale pak jsem si říkala, že jsem se možná zbláznila. Jednou mi skrz mříže klece vletěl šváb a řekl, že by mi mohl pomoci dostat se ven, kdybych chtěl.

"Fuj, nesnáším šváby. Ale o létajících švábech jsem nikdy neslyšel."

"Ve skutečnosti jsou docela chytří a mají obrovský instinkt pro přežití - chci říct, že sežerou cokoliv."

"Škoda, že nesežrali ty lidi, co tě do té krabice strčili." E-Z se na chvíli zamyslel. "Proč jsi ho nenechal, aby se tě pokusil zachránit? Chci říct, že jsi neměl co ztratit."

"Jak se říká to staré přísloví, že je lepší ďábel, kterého znáš?"

"To chápu, takže ses nebál těch lidí, co tě drželi?"

"Ne," řekl jsem.

"Ve skutečnosti to nebyla krabice - byla to klec. Ale zní to líp, když se tomu říká krabice. Kromě toho mi nikdy neublížili. Dávali mi najíst a napít. Vyměňovali noviny. A nikdy jsem vlastně neviděl, co jsou zač, protože nosili masky."

"Nechápu, proč tě tam vůbec drželi." "A proč tě tam drželi?" zeptal jsem se.

"To se asi nikdy nedozvím. A když mě pustili, tak jsem se tam nezdržoval, abych dostal nějaké odpovědi."

"Jak to probíhalo?"

"Zařídili mi pokoj ve stejném domě. Poslali s sebou milou paní, aby se o mě starala. Nikdy jsem nevycházel z domu. Bylo to pro mě příliš děsivé."

"Mohl jsi mluvit? Myslím tím, jestli jsi byl navždy v kleci, tak máš vzpomínky na to, co bylo předtím? Na své rodiče?"

"Nerada o tom mluvím. Minulost je minulost. Nemůžu ji změnit. Vždycky se dívám dopředu. Ale nenarodila jsem se v kleci. Někdy si myslím, že si vzpomínám, jak jsem chodil do školy. Ale mohl to být jen sen. V některých dnech je těžké to rozlišit."

E-Z si připomněl, že má zavolat strýčkovi Samovi.

"Tak jak jsi skončil tady, žiješ se zvířaty a jsi stoprocentně soběstačný? Hádám, že se ti po lidech nestýská?"

"Nemůže ti chybět to, co si nepamatuješ. Co se týče zvířat, nevybral jsem si je já, ale ony mě. Přišla k nám domů, jako by věděla, že už nejsem v kleci, a čekala, až vyjdu ven. Oni už věděli, že s nimi umím mluvit, že jim rozumím - ale já jsem nevěděl, že to umím, dokud jsem se o to nepokusil. Pak se mi otevřel celý svět a já se musel stát jeho součástí. Už jsem nebyl sám. Tehdy mi nabídli, že mě vezmou pryč a budou mě chránit. Teď už jsi s příběhem Lachie v obraze."

"Je to úžasný příběh. Takže mluvení se zvířaty. Ještě něco jsi objevil?"

"No, ano. Ale je to docela nové."

"Pověz mi o tom."

"Bude lepší, když ti to ukážu."

"Dobře," řekl E-Z.

Sledoval, jak Lachie vstává a jde k nedalekému eukalyptu. Chvíli ještě stál vedle stromu, pak vykročil dopředu, takže stál před tlustým, zvětralým kmenem stromu. Pak zmizel.

"Co to?"

Lachie přešel na druhou stranu stromu a pak se zase vrátil ke kmeni.

"Aha, takže ty jsi neviditelný?"

"Ne, podívej se pozorněji." Odstoupil od stromu. "Dívej se mi do očí."

E-Z to udělal a viděl Lachieho oči v kmeni stromu, ale neviděl Lachieho. "Počkej chvíli," řekl E-Z. "Už to chápu. Je to kamufláž - jsi chameleon. Páni!"

Lachie se zasmál a vrátil se na své místo.

"Jak jsi na to přišel? Je to opravdu skvělá schopnost. Můžeš splynout prakticky kdekoli a nikdo to nepozná!"

"Poté, co jsem nějakou dobu žil mezi tvory - a neviděl jsem žádné lidi -, tudy jednoho dne prošla parta turistů. Běžel jsem vylézt na strom a schovat se, ale neměl jsem dost času - tak jsem se prostě zastavil o kmen stromu a zůstal stát. Prošli kolem mě, jako bych neexistoval. Nemohl jsem na to přijít. Na rameni mi přistál pták a po noze mi lezl had. Oni mě viděli, ale lidé ne. Tehdy jsem poznal, že jsem chameleon."

"Jaké to je? Myslím tím, když přejdeš do maskovacího módu?"

"Nepřipadá mi to jako něco jiného. Prostě se to stane."

"Super. No, chceš vědět něco o zbytku týmu a o tom, jaké dovednosti přinášejí?"

Lachie přikývl.

"Lia se ti bude líbit. Je vidoucí. Oči má v rukou a vidí do přítomnosti, do mysli některých lidí, a někdy dokáže nahlédnout do budoucnosti, co se stane. Zdá se, že tahle část její moci se zvětšuje. Samozřejmě je tu i ta věc s věkem. Když jsme se poprvé setkali, bylo jí sedm let a teď je jí dvanáct."

"To je fakt super," řekla Lachie. "A slyšel jsem, že její matka a tvůj strýc Sam jsou..."

"Nevadí, když už půjdeme. Jen když slyším Samovo jméno, zase ve mně narůstá úzkost."

"Bez obav," řekl Lachie. Hvízdl a Baby dorazila a odletěli do nejbližšího města, kde Lachie vyzvedl pár věcí, E-Z zapojil telefon do nabíječky, a když byl dostatečně nabitý, okamžitě zavolal na Samovo číslo.

Nikdo to nebral, místo toho se hovor přesunul rovnou do Samovy hlasové schránky. Zkusil Samantin telefon a ta to hned zvedla. "Ahoj, tady E-Z, je strýček Sam k dispozici?" "Ano," odpověděla.

"Jistě, E-Z, počkej chvilku." Nějaké šeptání. "Ahoj, chlapče," řekla Sam. "Kde jsi teď, už letíš nad oceánem?" zeptal se.

"Uh, jenom kontroluju, jestli je s tebou všechno v pořádku," řekl E-Z. "Pokud ano, řekni prosím kódové slovo."

"Sponge Bob Square Pants," řekl strýček Sam.

"Díky bohu," řekl E-Z. "Měl jsem divný sen, že tě mají Furianti."

"Aha, máme tu nějaké přátele a právě se chystáme sednout si a namočit něco do fondue. Máme čokoládu s ovocem, sýr se zeleninou a sýr s chlebem a masem. Je to docela velký výběr a máme několik druhů vína. Dvojčata už jsou na noc dole."

"Hm, to zní..."

"Musím jít E-Z, brzy se uvidíme. Dávej na sebe pozor."

"Strýček je v pořádku a mají fondue - to zní jako trochu velký večírek."

"Co je fondue?" Lachie se zeptal.

"Je to hrnec, ve kterém se rozpouštějí věci a pak se do něj namáčejí další věci. Třeba namáčení jahod do čokolády a kousků chleba do sýra. A máš pravdu, jsou teď manželé a nedávno se jim narodila dvojčata, takže je u nich doma pěkně plno a hlučno."

"Ooh, to zní báječně," řekla Lachie.

S plně nabitým E-Zovým telefonem, Lachieho zásobami bezpečně schovanými na Babyho zádech dvojice odletěla z Austrálie. Během cesty si povídali. Po hodinách, kdy neviděli nic zajímavého, a s kručícími žaludky se chystali přistát, aby si udělali přestávku na jídlo a toaletu.

"Stejně budeme muset brzy přistát, abychom si dali oběd - navíc už teď mám hlad! A mimochodem, gratuluji!"

"Díky! Můžeme se zastavit na Havaji na cheeseburgery a hranolky," navrhl E-Z.

"Nevěděl jsem, že se Havajci specializují na hamburgery a hranolky."

"Jsou součástí USA, takže cheeseburgery a hranolky - nemluvě o hustých koktejlech - jsou výborná tradiční jídla, která můžeš ochutnat, a garantuju ti, že ti budou chutnat."

"Já maso nejím. Krávy jsou taky lidi."

"Mají něco vegetariánského, pořád je to cheeseburger a bude vám chutnat. A proti pití kravského mléka nic nemáš, že ne?" "Ano," odpověděla jsem.

"Ne, nemám."

"Dobře, židle a Baby - pojďme do nejbližšího cheeseburgeru, kde se podávají i vegetariánské hamburgery," navrhl E-Z, když o sobě dal vědět jeho kručící žaludek.

"Kupředu!" Lachlan vykřikl, zatímco Baby hledal vhodné místo k přistání.

KAPITOLA 5

BRANDY

Lia a její společník jednorožec Malý Dorrit letěli v oblacích.

Lia ocenila ladné, ale rychlé pohyby své létající společnice. Společně vymyslely hru s názvem Skok přes mraky. Podle typu mraku skáčou buď nad ním, pod ním, nebo skrz něj. Nejzábavnější byl průlet skrz něj.

"Miluju, když jsme uvnitř mraku," řekla Lia. "Natáhnu ruku, abych si na něj sáhla, ale nic tam není."

"Vypadá to, že do toho obchoďáku dole jdeme," řekla Malá Dorrit, než předvedla trojitý skok, přešla přes, pak pod a pak skrz ten samý mrak.

"Jéééééééééééééééééééééééééééééé!" Lia vykřikla.

"Děkuji, děkuji," řekla jednorožec a ukázala dolů.

"Nakupování, co?" Lia si ho prohlédla. Bylo to velké nákupní středisko, dlouhé skoro celý blok. "Doufám, že nebudu potřebovat moc peněz, ale máma mi dala svou kreditní kartu, kdybych ji potřebovala."

"To je v pořádku." Brandy stojí v uličce obchodu s potravinami a plní vozík, aby si ukrátila čas. Měli bychom si pospíšit, jinak ji bude maminka brzy hledat," řekl jednorožec.

"To je fakt super, že dokážeš takhle přesně určit její polohu. Nemůžu se dočkat, až se s ní setkám a dozvím se víc o jejích schopnostech," řekla Lia a objala Malou Dorrit kolem krku, aby se připravila na přistání. "Vždycky jsem chtěla mít starší sestru, takže tohle je možná moje jediná šance."

"Hvízdni, až mě budeš potřebovat," řekla Malá Dorrit, když Lia sesedla, "a já se s tebou setkám přímo tady."

Lia vešla do nákupního centra křídlovými dveřmi. Hned uviděla dívku, o které doufala, že je Brandy, jak tlačí vozík v obchodě s potravinami. Podle Rosaliina popisu to musela být ona.

Dívka byla oblečená ležérně, v šedé mikině s kapucí. Byla částečně zapnutá na zip, ale dostatečně rozepnutá, aby odhalila červené tričko I Love Music, které měla pod ním. Její černé džíny měly na kapsách nálepky s notami. Její plátěné běžky byly čtené, aby ladily s tričkem.

Lia dívku chvíli pozorovala, než k ní přistoupila. Cítila se trochu zastrašeně. Jako by se setkala s nějakou celebritou. V jejích představách Brandy vyzařovala styl a pohodu.

Jak se k ní Lia přibližovala, představovala si, že z nich jednou budou nejlepší kamarádky. Budou spolu chodit do obchoďáku. Nakupovat oblečení společně. Možná by jí Brandy dokonce pomohla vybrat nějaké nové celoamerické oblečení.

"Na co tak zíráš, děvče?" Brandy se zeptala tónem, který nebyl příliš přátelský ani sesterský. Pak plnou parou od sebe odstrčila Liiny ruce.

"To je hodně neslušné," vykřikla Lia. "To tě nikdo nenaučil slušnému chování?" Otočila se k chladné dívce zády. Zadržela dech, napočítala do deseti a pak se k ní znovu otočila čelem. "Rosalie by se za tebe styděla."

"Ty znáš Rosalii?"

"Ano, já jsem Lia a bez očí, které mám v dlaních, tě nevidím." Lia znovu zvedla ruce.

"Páni!" Brandy vykřikla. "Myslela jsem si, že jsem divná, ale holka, teda, ehm, Lia, ty jsi úplný suchar." Strčila si ruce do kapes. "Ale každá Rosaliina kamarádka je i moje kamarádka."

"Ehm, díky," řekla Lia. "Můžeme si jít někam promluvit?"

"Nemůžu říct, co bychom my dvě měly společného - kromě Rosalie," řekla teenagerka, když tlačila vozík dál a nechala Liu za sebou.

Lia se bránila vzlyku, ale podařilo se jí ze sebe dostat slova: "Potřebujeme vaši pomoc, protože Rosalie je mrtvá."

Brandy se zastavila a zhluboka se nadechla, když jí po tváři stekla slza, kterou se otočila a setřela. "Pojď za mnou, děvče." Opustila vozík včetně všech věcí v něm a zamířily ke stánku hned uvnitř obchodního centra a posadily se.

"Dám si sklenici vody," řekla Lia. "Bez ledu, prosím."

"No tak, děvče, žij nebezpečně. Dá si Root Beer Float - a to rovnou dvě." "A co?" zeptala se Lia. Když číšnice odešla: "Bude ti chutnat, neboj. Teď mi pověz víc o tom, proč jsi tady, a řekni mi, co se stalo té sladké paní Rosalii."

"Nejdřív, co ti Rosalie řekla o mně, o nás?" "Ne," odpověděla jsem.

"Nic. Věděl jsem, kdo je, a věděl jsem, že na mě dohlíží. Nejdřív jsem si myslel, že je to anděl, protože ke mně dokázala mluvit v mé hlavě, jako když jsem se jako malý kluk modlil. Pak jsem si uvědomila, že je to skutečný člověk, stejně jako já, a teď je mrtvá. Rád bych pomohl dostat lidi, kteří ji zabili - jestli je to důvod, proč jste tady, tak jdu do toho. Zvláštní, myslím, že teď je z ní anděl, který na mě pořád dohlíží."

"Já taky," řekla Lia. "Přesně tak."

"Tak jak se to stalo?" Brandy se zeptala. "Jestli není necitlivé se na to ptát. Vždycky mi přijde nejlepší mluvit o podivnostech, které nás dělají tím, kým jsme. Pokud mám své vlastní podivnosti, věř mi. To má každý.

"Moje máma by mi vynadala, že se tě ptám na tak osobní věci. Ale já rád přecházím k věci. Měla jsi vždycky oči na dlani? Myslela bych si, že tě budou pronásledovat novináři a fotografové, lidé s tebou chtějí mluvit, slyšet a vyprávět tvůj příběh, aby se prodávaly časopisy a noviny."

"Aha," řekla Lia, "většinu lidí zajímají spíš slavné fiktivní postavy, jako je Harry Potter, než skuteční lidé. Kdyby byl Harry Potter skutečný, lidé by se mu vyhýbali nebo by si ho dobírali. V jeho světě byl ale hrdinou, takže se jeho jizva stala součástí jeho příběhu. Díky ní se pro nás stal lidštějším, takže jsme se s ním mohli ztotožnit. Ale žádné dítě nechce vyčnívat, protože v tomto světě se odlišnosti ne vždy oceňují.

"Je to zvláštní, jak se dokážeme ztotožnit s fiktivními postavami a mít s nimi soucit, a přitom nepoznáme skutečné hrdiny v našem každodenním životě."

"Ach, brácho," řekla Brandy, "ty jsi tak trochu otrava, co? Je to jako mluvit s dvacetiletým klukem."

"Promiň," řekla Lia. "Ze sedmi jsem se během krátké doby změnila na deset a dvanáct. Neměla jsem čas se přizpůsobit."

"To je v pořádku," řekla Brandy. "A v tom bych s tebou v zásadě souhlasila, děvče, ale od té doby, co se Reality Tv dostala do vysílání, nás zajímají životy obyčejných lidí. Tedy obyčejných, ale bohatých lidí, jako jsou Kardashianovi. Já se na to nedívám, ale miliony lidí ano."

Přišly jejich nápoje. Brandy nejdřív snědla třešničku na vršku toho svého a pak se zeptala Lii, jestli chce taky. Když Lia řekla ne, Brandy ji sundala a strčila si ji rovnou do chřtánu. "Napij se. Když to ochutnáš, určitě ti bude chutnat."

Lia si pořádně lokla brčkem a tvář se jí rozzářila. "Je to vážně dobré!" Pak brčkem zamíchala zmrzlinu a přemýšlela, co říct dál.

"Co se mě týče, narodila jsem se s očima, které fungovaly dobře. Ale nějaká nehoda mě oslepila, a když jsem se probudila, měla jsem tyhle oči a taky to, čemu se říká zrak. Vidím, co si lidé myslí, tak jsme si s Rosalií poprvé promluvily. Čas pro mě není takový jako pro ostatní, ale už nějakou dobu jsem žádný rok nepřeskočil. A taky, jak čas plyne, někdy vidím, co se stane mně i ostatním, víš, v budoucnosti."

"Věděl jsi, že Rosalie zemře, ještě než se to stalo?"

"Ne, nevěděl. Přichází to a odchází. Někdy se to vůbec nepovede. Není to stoprocentně spolehlivé. Mimochodem, neumím ti číst myšlenky; kdyby tě to zajímalo."

"Dobře. Vědět, že mi umíš číst myšlenky, by bylo hodně děsivé." Brandy si pořádně lokla, což dopadlo na dno nádoby a vydalo zvuk "to je všechno, lidi". "Ráda bych si dala další, ale nedám si," řekla. "Nejlepší je mít míru, protože když si budeme neustále dopřávat věci - věci, o kterých si myslíme, že je opravdu chceme, pak si jich nebudeme tolik vážit."

"Velmi moudré," řekla Lia. "Jestli chceš, můžeš si vzít zbytek mého."

"Byla by škoda nechat to přijít nazmar."

Obě dívky chvíli mlčely, dokud Brandy nezavibroval telefon. "Za chvíli tu bude moje máma a připojí se k nám."

"Jak ví, kde jsme?"

"Dobře, má své způsoby, tedy sledovací zařízení v mém telefonu."

"A to ti nevadí?"

Ne, párkrát jsem se ztratila, ale vždycky jsem se vrátila do obchoďáku. Většinou když jdu, nemá o tom ani tušení. Dokud jí nezavolám a nepožádám ji, aby mě tady vyzvedla. To je obvykle její první vodítko, moje zpráva nebo telefonát. Aplikace ji ale zachraňuje před starostmi o mě. Asi to není snadné mít dceru, která může umřít a zase ožít."

Přišla Brandyina matka a proběhlo představování. Zasvětily ji do Rosaliina a Liaina příběhu a seznámily ji s tím, co zatím probíraly.

"Co jste vy dvě holky plánovaly?" zeptala se. "Vypadáte, že byste mohly mít něco za lubem."

"Jen přebytek cukru," řekla Brandy a ušklíbla se. "Lia se mi právě chystala říct, na co mě potřebují."

"Takže jsi mi vysvětlila tu svou, opakující se situaci?"

"Stručně. K tomu jsem se ještě nedostala, mami, teprve teď mi řekla o té nehodě a o tom, proč má oči na dlani."

Přišla servírka a Brandyina máma si objednala kávu. Hned se vrátila s hrnkem, který naplnila. "Doplňování je zdarma," řekla servírka. "Stačí, když zvednete hrnek, až bude prázdný, a já vám ho hned zase naplním."

"Děkuji," řekla Brandyina máma.

"Ráda si to poslechnu," řekla Lia a odhrnula si vlasy za ucho. Líbilo se jí, jak se Brandy a její matka věnují jedna druhé. Byly si strašně blízké; bylo to poznat podle toho, jak se neustále dotýkaly. Jejich blízkost ji přiměla vzpomenout si na všechny ty časy, kdy její matka pracovala po nocích a o víkendech a ona se musela ve všem spoléhat na chůvu Hannah. Teď, když byli tady a její matka byla provdaná za Sama, to bylo jiné, ale zdálo se, že nové děti její matce určitě zabírají spoustu času.

Brandy vyhrkla: "Když jsem poprvé umřela, byla jsem malá. Bylo to právě v tomhle obchoďáku. V jednu chvíli jsem byla mrtvá a vzápětí jsem zase žila. Jak už jsem ti říkala, vždycky skončím tady. Tak moc mám tohle nákupní centrum ráda."

"To je zvláštní," řekla Lia.

"Já nakupování miluju!"

"To ano!" Brandyina matka řekla, když její dcera zavolala servírku zpět a požádala o sklenici ledové vody.

"Ať jsou to dvě sklenice vody," řekla Lia.

Když už tam byla, servírka dolila Brandyině matce kávu.

Lia měla pocit, že teď, nebo nikdy - měla by přejít k věci. Bylo už pozdě a Malá Dorritka čekala.

"E-Z, což je náš vůdce, je na vozíku a dokáže zachraňovat lidi, dokonce i letadla plná cestujících. Má supersílu a rychlost a on i jeho vozík mají křídla.

"Alfréd je labuť trubač a má ESP, navíc dokáže lidi a tvory přivést zpátky k životu. Včetně tebe jsou tu další dvě děti, které přidáme do skupiny, plus E-Zův bratranec Charles - takže nás bude celkem sedm."

"Ach, šťastná sedmička," řekla Brandyina matka.

Lia pokračovala: "Až si všechno vyslechneš, pokud budeš souhlasit s tím, že nám pomůžeš bojovat proti Furiím, budeš v ohrožení života. Jsou to tři zlé sestry - bohyně -, které zabily Rosalii." "Cože?" zeptala se.

"Zlé, co? Zabít Rosalii byl zbabělý čin! Nikdy by neublížila ani mouše!" Brandy se zarazila.

"Je tahle informace veřejná?" Zeptala se Brandyina matka. "Všechno to zní tak, že je to smyšlené."

"Proč to udělali?" Brandy se zeptala. "Co dostanou za to, že zabijí takovou milou stařenku, jako je Rosalie?"

"Využívají k tomu děti. Zabíjejí děti," řekla Lia.

Brandy i její matka přestaly pít.

"Je těžké to vysvětlit, ale pokusím se o to. Když zemřeme, naše Duše jsou určeny pro čekající Lapače duší - místo našeho věčného odpočinku. Každý z nás má svůj jedinečný Lapač duší - takže nikdy nemůžeme zemřít. Naše duše žijí dál. Není to nebe, jaké jsme si představovali, ale je skutečné a Fúrie zabíjejí nevinné děti - a umisťují je do Lapačů duší, které patří jiným lidem.

"Ve skutečnosti, když Rosalie zemřela, neměla její duše kam jít. Naštěstí naši přátelé Hadz a Reiki - jsou to rádoby andělé - dokázali Rosaliinu duši zachytit.

Uchovávají ji v bezpečí, dokud nezlikvidujeme Fúrie a nedáme věci znovu do pořádku se všemi Lapači duší. Jakmile je zlikvidujeme, převezmou vládu archandělé a napraví nepořádek, který způsobili. Všechno se vrátí do normálu."

"Myslela jsem, že archandělé jsou padouši," řekla Brandy. "Jak víme, že jim můžeme věřit? A proč jim chceme pomáhat?"

"To je od vás, děti, hodně velký požadavek," řekla Brandyina matka.

"Je to velmi dlouhý příběh. Takový, který vám můžeme vyprávět, až přijde čas. Ale teď se musíme vrátit na velitelství. To je náš dům. Až budeme všichni pod jednou střechou, můžeme si všechno vysvětlit a vymyslet plán."

"Jdu do toho," řekla Brandy. "Už jsi mě dostal, když jsi řekl, že zabili Rosalii, ale teď vím, že zabíjeli i nevinné děti, no tak mě na ně pusť." Pozvedla sklenici s vodou a připila si s Lia.

"Počkej," řekla Brandyina matka, "když archandělé nedokážou porazit tuhle věc, tak jak můžou čekat, že vy děti..."

"Mami," poplácala ji Brandy po ruce. "Já nejsem jako ostatní děti. Zní to, jako bychom byli banda ztroskotanců se zvláštními schopnostmi a já mezi ně zapadnu. Není divu, že nás archandělé požádali o pomoc.

"Rosalie nás dala všechny dohromady, takže můžeme vytvořit tým. Kdyby tu byla, byla by s námi v týmu. Teď je s námi v duchu. Společně budeme silou, se kterou se musí počítat.

"Kromě toho musíme zajistit, aby Rosalie měla zpátky své místo věčného odpočinku. Všechno se děje z nějakého důvodu, neříkáš mi to vždycky ty?" "Ne," řekl jsem.

"Tak co bude dál?" zeptala se matka.

"Musíme být spolu a dům E-Z je dost velký pro nás všechny. Ostatní a Charles Dickens - dlouhý příběh - se tam s námi setkají."

"Ne ten Charles Dickens?"

"Ten jediný, ale je mu teprve deset let. Přijel a objevili ho dva detektoráři v Londýně v Anglii. Byl poslán zpět na Zemi z nějakého důvodu. Kromě toho, že jsou s E-Z bratranci. Je jedním z nás. Společně porazíme ty sestry a dáme svět znovu do pořádku."

"Jdeme!" Brandy řekla. "Máma má v autě můj batoh a jsou v něm všechny potřebné věci. Vždycky mám sbalenou tašku pro všechny případy. Už se mi to párkrát hodilo. Předpokládám, že v domě je pračka a sušička? A fén?"

"Ano, ano a ano," řekla Lia a pak si pohvizdovala.

Brandy i její matka si zakryly uši. "Proč to bylo?"

"Pojď ven a já ti představím svou kamarádku Malou Dorrit - je to jednorožec - a zároveň si můžeš vzít tašku." Vyšly ze dveří a ona ukázala na oblohu, kde právě přistával jednorožec.

"Počkej," řekla Brandy, "my pojedeme přes celou zemi na jednorožci?" "Ne," řekla.

Brandyina matka se zamračila. Udělalo se jí mdlo a nohy se jí rozjely jako rozvařené špagety.

"Pojď si ji pohladit," řekla Lia. "Malá Dorritko, tohle je Brandy a její máma."

"Má krásný a hebký kožíšek," řekla Brandyina matka.

"Chtěla bys odvézt k autu?" "Ano," odpověděla. Malá Dorrit se zeptala.

"Ne, děkuji," řekla Brandyina matka. Pak dceři řekla: "Nevím, jak to vysvětlím tvému otci. Možná byste měly jít všechny se mnou domů a společně si to vysvětlíme a rozhodneme se, jestli můžete jet..."

"Musím jít," řekla Brandy. "Je to můj osud." Objala matku.

"Pomohlo by, kdyby sis promluvila s mojí mámou?" Lia se zeptala, a aniž by čekala na odpověď, zrychleně ji vytočila, vysvětlila jí situaci a předala telefon Brandyině mámě, která si povídala se Samanthou a pak jí telefon vrátila.

Vzápětí už všechny tři létaly po parkovišti a hledaly auto, přičemž lidé dole troubili, fotili se na telefony a naráželi do sebe auty a vozíky.

"Tady je," řekla Brandyina matka.

Malá Dorrit přistála a sklouzla dolů. "Počkejte tady a já vezmu dceřinu tašku." Všichni se usmáli.

Vrátila se a hodila ji Brandy nahoru. "Díky za svezení," řekla malé Dorrit. Brandy řekla: "Brandy, zavolej domů. Denně. Jako E.T." Dala jí pusu. Pak Lii: "Ráda jsem tě poznala."

"Já tebe taky," řekla Lia, když se malá Dorrit zvedla ze země. "Neboj se, postaráme se o bezpečí tvé dcery."

Brandyina matka se dívala, jak odlétají, dokud je už neviděla. To už si všichni zvědaví parkující našli něco jiného, na co se mohli dívat, a tak nasedla do auta a vydala se směrem k domovu.

Domů jela dlouhou cestou. Potřebovala si promyslet, jak to všechno vysvětlí Brandyinu otci.

KAPITOLA 6

HARUTO

Alfréd čekal před kavárnou, dokud majitel, který očekával nového zákazníka. Harutova babička se nezmínila, že zákazník je labuť trubač. Když majitel Alfréda uviděl, vzal ho ke stolu úplně vzadu.

Alfredovi nevadilo, že je stranou. Vlastně tomu dával přednost, protože tam byla cedule, která označovala zákaz chovu domácích zvířat - ne že by labutě byly v Japonsku nebo kdekoli jinde na světě, o kterém věděl, považovány za domácí zvířata.

Zatímco tiše seděl a čekal na příchod Harutova otce, využíval bezplatné WI-FI v kavárně a zjistil pár opravdu zajímavých věcí o japonské kavárenské kultuře. Třeba v Jokohamě byly kavárny pro milovníky koček a jedna na oslavu ježků.

O patnáct minut později vstoupil do kavárny muž. Alfred okamžitě poznal, že je to Harutův otec, protože udělal rychlý krok k jeho stolu.

"Naze watashitachiha daidokoro no chikaku ni iru nodesu ka?" zeptal se majitele kavárny (což v překladu znamená: Proč jsme poblíž kuchyně?").

"Kare wa hakuchōdakara!" řekl majitel, než se vzdálil od stolu (což v překladu znamená: Protože je labuť!).

Když se po několika minutách vrátil s tácem plným bublinkového čaje, majitel řekl: " Mōshiwakearimasen" (což v překladu znamená: Omlouvám se).

" Ī nda yo," řekl s úsměvem Harutův otec (což v překladu znamená: To je v pořádku.)

Alfrédovi byl čaj podáván v misce dost velké na to, aby do ní mohl strčit svůj zobák. Jeho čaj byl ledový - to bylo dobře, protože si nechtěl spálit jazyk nebo dlouho čekat, než vychladne.

"Domo arigato gozaimasu," řekl Alfréd (což v překladu znamená: moc děkuji).

"Iie," odpověděl Harutův otec (což v překladu znamená: nezmiňuj se o tom.)

Chvíli tiše seděli, dívali se jeden na druhého a popíjeli čaj.

"Proč jsi tady?" Harutův otec se náhle zeptal. "Moje žena se bojí, že nám chceš vzít našeho syna, a ty ho nemůžeš mít. Ano, našli jsme ho, ale my jsme jediní rodiče, které kdy poznal." Haruto se usmál.

"Páni!" Alfréd vykřikl. "Nic se nestane, pokud to nebudeš chtít. Mimochodem, angličtina vašeho syna je výborná," řekl Alfréd. "Stejně jako vy."

"Lichotky vám tady nepomohou. Jak už jsem řekl, mého syna si vzít nemůžete."

"Kdyby nám Haruto mohl pomoci, zachránit svět? Stále bys odmítal?"

"Haruto je ještě chlapec. Ty jsi labuť. Co dokáží chlapci a labutě, co nedokážou muži? Nemůžeš ho mít." Zkřížil ruce.

"Co když bez jeho pomoci nedokážeme zachránit svět? Co když nám bude chtít pomoct?"

"Haruto neví nic o životě. Nemůže ti pomoct. Najdi si syna někoho jiného, někoho staršího. Někoho, kdo se narodil, aby zachránil svět. Ne chlapce. Ne můj chlapec, Haruto. Ne dnes, zítra ani nikdy jindy."

"Co kdybychom ho nechali rozhodnout?" Alfréd řekl. "Až mu všechno vysvětlím."

"Řekni mi všechno hned. A já rozhodnu, co by měl vědět. Ale nejdřív se tě zeptám - proč si myslíš, že ti může pomoci takový malý kluk, jako je můj syn?"

"Myslíme si, že stejně jako my ostatní má nadání, jedinečné nadání. Není jako ostatní děti, že? Když se o něm Rosalie zmínila, byl ještě dítě. Stárne snad rychleji než ostatní děti?" "Ano," odpověděl jsem.

Harutův otec zavrtěl hlavou. "Když jsme ho před pěti lety našli, byl ještě miminko. Vyrostl, jako roste každé dítě."

"Aha, promiňte. Rosalie neměla čas aktualizovat nebo doplnit své poznámky. Přesto, nechcete, aby váš syn byl s dalšími dětmi, které jsou nadané jako on? Byl by jedním z nás, námi přijatý. A my bychom si vážili jeho darů a chránili ho."

"Naznačujete, že nemohu chránit svého vlastního syna?" "Ne," odpověděla jsem.

"Ne, pane. To vůbec netvrdím. Říkám, že vám říkám, že ho potřebujeme a možná, jen možná, že on potřebuje nás. Chlapec, který stojí sám, nemůže být nikdy tak silný jako chlapec, který je členem týmu."

"Možná je osamělý. Možná, ale je mladý a vyroste z toho." "Možná," řekl jsem. Harutův otec mlčel, než se zeptal: "Jaký je tvůj dar a kdo je nepřítel?" "Ano," odpověděl.

"Mám léčitelské schopnosti, pro lidi i zvířata - většinou pro ta druhá. Umím číst myšlenky. Lia dokáže vidět do budoucnosti. E-Z zachraňuje životy. jsem schopen léčit nemocné a číst myšlenky. Máme dokonce superhrdinské webové stránky, které ti můžu ukázat, pokud bys chtěl všechno vidět na vlastní oči jako důkaz."

"Už jsem viděl vaše webové stránky," řekl Harutův otec. "Jste známí jako Tři. Nejste vy tři dost silní na to, abyste se vypořádali s jakýmikoli nepřáteli, na které narazíte? Jak vám může pomoci malý chlapec jako Haruto? Ten si sotva pamatuje, že si má vyčistit zuby."

"To chápu. Taky jsem měl syna, když jsem byl člověk."

"Ty jsi byl kdysi člověk? Co se stalo s tvým synem?"

"Zemřeli a já se proměnila v labuť. Je to dlouhý a složitý příběh. Hlavní je, že jsme donedávna nevěděli, že existují ještě další děti. Byla to Rosalie. Byla to úžasná dáma, která měla schopnost v duchu komunikovat s dětmi. Mluvila s Lia, Harutem, Brandy a Lachie. Všechny spojila a zaplatila za to vysokou cenu. Furie ji zabily, když jim nechtěla prozradit žádné informace o dětech. Bez Rosalie bychom nevěděli, že ti druzí existují, a nebyli bychom tu, kdybychom chtěli chránit tvého syna nebo ho žádali o pomoc při porážce těch zlých sester.

"Byl jsem poslán, abych si promluvil s Harutem a vysvětlil mu, proti čemu stojíme. Samozřejmě může odmítnout, ty můžeš odmítnout za něj - ale bez něj možná nebudeme schopni přemoci zlé bohyně známé jako Fúrie."

Majitel nabídl další čaj. Alfréd odmítl, nicméně Harutovu otci se mírně třásly ruce, když zvedl čerstvě doplněný čaj a napil se.

"Je Haruto nejmladší dítě?"

Alfred přikývl.

"Pověz mi něco o dalších dvou nováčcích."

"Brandy zemře a znovu se narodí. Lachie umí mluvit a rozumí mu všechny bytosti." "A co ty?" zeptal se.

"Ta Brandy se pokaždé znovuzrodí jako ona sama?" "Ano," odpověděl Lachi. Zeptal se Harutův otec.

"Tak jsem to pochopil."

"Jak je stará?"

"To nevím jistě, ale myslím, že je to teenager. Proč na tom záleží?" Alfred se zeptal.

"Protože opakované znovuzrození, zatímco zůstává v lidském stavu, znamená, že Brandy uvízla ve fázi učení. Proto se jí bude dařit s ostatními, kteří jsou pokročilejší než ona. Bude se od nich učit a možná jí to pomůže dosáhnout dalšího stupně."

Alfréd to trochu pochopil, ale nic neřekl.

"Můj syn by Brandy v životě neposunul, proto mu nedovolím, aby se tohoto boje zúčastnil. Omlouvám se, že jsem vás připravil o čas."

"No, vážil jsem takovou cestu - tak co mi ublíží, když si s ním promluvím za tvé přítomnosti, tvé ženy a matky. Dej mu na výběr. Ať se rozhodne sám. Pokud to pro něj není to pravé, pokud si myslíš, že je příliš mladý nebo nepřipravený - pochopíme to - ale prosím, alespoň si s ním o tom promluvme. Uvidíme, nakolik to dokáže pochopit. Ať je to on, kdo řekne ne - pak se vrátím do letadla a už mě nikdy neuvidíte."

"Ty jsi labuť a létáš letadlem?" zasmál se hlasitě. Ostatní návštěvníci kavárny se přidali, i když netušili, proč se směje. Smáli se, protože zvuk smíchu Harutova otce byl nakažlivý.

"Řekni mi, co má tvůj tým v úmyslu udělat a proč. Pak se rozhodnu. Pokud mě přesvědčíš, možná tě nechám, abys zkusil přesvědčit Haruta." A pak se rozloučil.

"Když zemřeme, naše duše opustí naše tělo a odejde k věčnému odpočinku do něčeho, čemu se říká Lapač duší. Vím, že se to liší od toho, čemu věříme, ale je to pravda. Furie zabíjejí děti - děti, které hrají počítačové hry - a jejich duše pak vkládají do Lapačů duší určených pro jiné duše. Když ostatní zemřou, nemají jejich Duše kam jít."

Harutův otec byl několik okamžiků zticha.

"Když bude chtít, můj synu, Haruto ti pomůže. Řekne ti, jaký má talent. Řekne ti, co chce, abys věděl, a sám se rozhodne."

"Děkuji," řekl Alfréd.

Vstali, vyšli z kavárny a zamířili k Harutovu domu. Když dorazili, okamžitě se podávala večeře a všichni byli seznámeni s průběhem mise.

"Co se stane s ostatními dušemi? Když nemají kam jít?" Haruto se zeptal, odložil hůlky a napil se vody.

"To nevíme jistě," odpověděl Alfréd. Podíval se na Harutova otce, který přikývl. "Ale Rosalie. Pamatuješ si na Rosalii?"

"Ano, znal jsem ji a vím, že zemřela," řekl Haruto. Posadil se velmi zpříma: "Chceš říct, že její duše nemá domov? Jak jí mohu pomoci, aby se dostala domů?"

"Jsem rád, že chceš pomoci, Haruto," řekl Alfréd. "Rosaliinu duši bezpečně drží dva rádoby andělé, kteří v minulosti pomohli nám i E-Z," řekl. Takže je zatím v pořádku.

"Než ti vysvětlím víc, zajímalo by mě, jakou máš zvláštní schopnost?" "Ne," řekl jsem.

Haruto se postavil, podíval se na otce, který přikývl, a pak řekl. "Pohybuji se velmi rychle." A začal se točit, rychleji a rychleji a rychleji, až zmizel.

"Páni!" Alfred řekl. "Jsi jako mizející verze tasmánského čerta!"

"Nikdy nás neomrzí vidět ho v akci," řekla jeho matka. Až do této poznámky byla nápadně tichá. "Vrať se, dítě," řekla. "Vrať se."

Přišel stejným způsobem, jakým zmizel, jen ho tentokrát nemohli vidět, jak se motá, dokud se znovu neobjevil. "Zase mám hlad!" Haruto vykřikl. Posadil se, doplnil si talíř a hltavě jedl.

"To máš vždycky hlad?" Alfréd se zeptal.

"Vždycky," řekl Sobo a nabídl vnukovi další jídlo. Ten přikývl, příliš zaneprázdněný jídlem, než aby odpověděl.

Když se Haruto dosyta najedl, Alfréd mu vysvětlil, že E-Z's bude sloužit jako sídlo týmu neboli základna. Zdržoval se a hledal ta správná slova, aby jim řekl o nebezpečí, které jim všem hrozí.

"Než budete souhlasit, řeknu vám, že Fúrie jsou zlá, strašlivá stvoření, která trestají děti, i když neudělaly nic špatného. Berou dětem životy, a to za špatné myšlenky, ne za špatné skutky, a unášejí ostatním lapače duší. Musíme je zastavit a dát věci zase do pořádku. A jsou to nesmírně nebezpečné a mocné bohyně."

"Zakazuji ti tam jít!" řekl Harutův otec.

"Ale otče, naučil jsi mě, že mé činy v tomto životě se přenesou i do dalšího. Proto musím souhlasit." Podíval se na Alfréda a řekl: "Počítej se mnou!"

"Haruto, jako tvoje matka a otec chceme, abys uspěl - ale chceme, abys byl blízko nás, ne až na druhém konci světa s cizími lidmi."

Haruto vstal ze židle a hodil babičce ruce kolem krku. Oba si šeptali japonsky sem a tam, takže Alfréd nerozuměl.

"Sobo říká, že mě doprovodí, ale bojí se, že její čas se blíží. Pokud zemře a nebude v Japonsku, jak její duše najde cestu domů?" "Nevím," odpověděl.

"Spolupracují s námi někteří archandělé a archandělští pomocníci. Hlídají Rosaliinu duši, a kdyby se tvé babičce něco stalo, jsem si jistá, že by ochránili i její duši. Dokud nebudou jejich Lovci duší připraveni."

"Jsem na tebe tak pyšný," řekl Sobo, "a bude mi potěšením připojit se k tobě při letu. Rád se seznámím s ostatními superhrdinskými dětmi. Tenhle Sobo bude mít ještě další vnoučata." Objala Haruta.

Harutova matka a otec se k ní přidali. Bylo to rodinné objetí. Alfrédovi stékaly po tváři slzy. Labutí pláč je ta nejsmutnější věc na světě.

Když se rozešli, posbírali nádobí a dali ho umýt. Všichni kromě Haruta dostali čaj.

"Připravím si tašku," řekl. "Dobrou noc."

"Zarezervuju nám letenky a dám ti vědět podrobnosti," řekl Alfréd.

Vrátil se do hotelu a zamluvil si let. Pak poslal všechny podrobnosti Charlesi Dickensovi. Doufal, že se s Charlesem setkají na letišti Heathrow a všichni společně poletí k E-Zovi.

Po vyčerpávajícím dni Alfred skočil na svou postel velikosti Queen Size. Mačkal polštáře a díval se na televizi, dokud konečně neusnul.

KAPITOLA 7

EN ROUTE

VŠECHNY DĚTI BYLY NA cestě do domu E-Z a ve vzduchu byla cítit energie a naděje. Zdálo se, že se tato energie šíří z jedné strany světa na druhou. A to natolik, že se dostala až k Furiím.

Tři zlé bohyně tančily kolem ohně, který vytvořily v kotli z kostí mrtvých. Vzhůru se vznesla mnohohlavá ohnivá koule. Přímo před jejich očima se rozdělila na tři ohnivé koule.

Bohyně naplnily ohnivé koule zvýšenou energií, až se zdálo, že rozzuřené koule explodují. Pak je vyslaly na cestu, aby našly a rozdrtily naději, která žila v srdcích jejich nepřátel.

První ohnivá koule se vydala na cestu, k nejvzdálenějšímu zarovnanému cíli, aby se setkala s E-Z, Lachie a Baby a zničila je. Ohnivý objekt se cestou rozpadal, rozpadal se od samé rychlosti, až byl velký jako bowlingová koule. Zaměřil se na nic netušící trojici, proti níž postupoval.

Na blížící se nebezpečí ho upozornily senzory E-Zova vozítka díky Hadzovu a Reikiho vylepšení. GPS detekovala rychle se pohybující neživý objekt, který mířil přímo k nim.

"Něco se řítí přímo na nás!" E-Z vykřikl. "Přistaneme a zmizíme mu z cesty."

"Righto," řekl Lachie, když trojice klesla.

Ale hořící koule je sledovala, jako by měla vlastní sledovací zařízení. Bez ohledu na to, jak nízko klesli, neúnavně je sledovala.

Zastavili se, vznášeli se, seskupeni k sobě - nejistí, jestli teď přistát, nebo jestli se ji pokusit přelstít jiným způsobem. Kdyby přistáli a ta věc je sledovala, mohla by zabít nebo zranit ostatní. Nechtěli nikoho dalšího vystavit nebezpečí, protože to šlo po nich.

"Co budeme dělat?" Lachie se zeptal.

"Ty a Baby se kryjte, já a moje židle to zvládneme."

"My tě neopustíme!" Lachie vykřikl a Baby přikývla.

"Dobře, tak si stoupněte za mě," řekl E-Z. Věděl, že on i jeho vozík jsou neprůstřelní, ale byli odolní proti ohnivým koulím? To se chystal zjistit za pět, čtyři, tři, dva, jedna.

Baby natáhl krk, vydal ze sebe řev s pusou otevřenou dokořán - a ohnivá koule mu vletěla přímo do ní. Drak vypoulil oči a rty se mu chvěly, jak v sobě zadržoval ohnivou bestii. Pak vyletěl, Lachie se mu držel za krk jako o život, letěl daleko a daleko a hledal místo, kde by si mohl ulevit od té věci, která ho uvnitř pálila.

Nakonec našli místo, kde ho mohli bezpečně shodit do moře. Dítě otevřelo pusu a vyletělo ven. Stále ještě hořící věc se smýkala po hladině, jako by byla odhodlaná zůstat naživu, ale nakonec to vzdala a sykla, když se potopila do moře.

"Ano!" E-Z vykřikl. "Jen tak dál, zlato!"

"Co se stalo?" Baby a Lachie se vrátili k E-Zovi.

"Baby byla úžasná! Spustil ohnivou kouli do moře. Teď už je z ní jen další kámen."

"Díky, Baby," řekl E-Z. "To bylo trochu moc blízko na to, aby to bylo příjemné."

"Souhlasím. A Bejby si zaslouží pohoštění. Něco chladivého do krku."

"Cokoliv si Baby přeje," řekl E-Z. "Pojďme dolů a dejme si pauzu, než budeme pokračovat."

Lachie objal Babyho kolem krku a šli dolů setřást své první a doufali, že i poslední setkání s bláznivou ohnivou koulí.

"Myslíš, že to byli Furianti?" Lachie se zeptal.

"Myslím, že o nás nevědí. Teda, vědí, že existujeme, ale ne konkrétní věci."

"Ta věc se na nás zaměřila. Pokusila se nás zabít. Kdo jiný by nás chtěl zabít?"

"Máš pravdu, šlo to přímo po nás. Nejspíš to byla jen náhoda. Doufám."

"Neměli bychom varovat ostatní?"

E-Z se podíval na svůj telefon. Měl nula čárek. "Můj tým si poradí sám a já je nechci vyděsit. Doufejme, že od té doby, co je to jednorázovka."

***

Fúrie vyslaly druhý hořící disk směrem k Jokohamě. Alfredovo a Harutovo letadlo už stálo na ranveji a připravovalo se ke startu.

Ohnivá koule letěla směrem k nim, ale zvolila si nešťastnou cestu - minula 59 stop vysokého robota, který natáhl ruku, zachytil ji a pak ji rozdrtil. Na plošině pod ním shořel popel.

Na letišti Alfredovo a Harutovo letadlo bezpečně vzlétlo a dvojice se nikdy nedozvěděla, že se stali terčem útoku.

***

Třetí a poslední hořící koule vylétla směrem k Phoenixu v Arizoně. Letěla kolem dokola a několik hodin hledala svůj cíl, ale nedokázala ho najít.

Malá Dorrit byla výjimečný jednorožec, který měl k dispozici antidetekční štít a ten byl vždy v pohotovosti. Ochrana jejích pasažérů byla koneckonců klíčovou úlohou Malé Dorrit.

Poté, co bezcílně prolétla kolem, se hořící koule místo toho, aby se s rychlostí rozpadla, zvětšovala, až dosáhla velikosti komety. Pak se vrátila domů ke svým právoplatným majitelům - Furiím.

Hořící objekt, který nerozeznal přítele od nepřítele, pronásledoval ječící Fúrie po Údolí smrti celé hodiny. Ty utíkaly jako o život, dokud Tisi nevyčarovala kouzlo.

Nejprve se koule zastavila ve vzduchu a tři bohyně se zadostiučiněním sledovaly, jak padá do kotle a je pokryta houbovým gulášem.

Alli k němu letěla a sevřela víko.

Pak Fúrie hodily hlavami dozadu a hekly na ni, jak tančily, zpívaly a smály se.

Dokud se uvnitř kotle neozvalo prasknutí. Jako zrnka popcornu, která se zahřívají. Zvuky byly stále hlasitější, jak se víko kotle zevnitř promáčklo a nakonec se nadzvedlo natolik, aby nově zrozené ohnivé koule mohly uniknout.

Malé ohnivé koule, které neměly kam utéct - se zaměřily na Furii a pronásledovaly ji, jak jedna po druhé šuměly.

Zpívající, vyčerpané a otrávené tři bohyně volaly na Eriela, aby jim přišel na pomoc, ale ten jim tentokrát neodpověděl.

***

Zatímco letěl po obloze sám, protože Lachie a Baby letěli pomaleji kvůli Babyho vedlejším účinkům po spolknutí ohnivé koule, E-Z zhodnotil svůj tým. Několikrát na frontě obdržel zprávy, které mu potvrdily, že na něj také myslí.

Lia poslala zprávu, která potvrzovala Brandyiny schopnosti, a Alfred udělal totéž ohledně Harutových schopností.

E-Z jim to neopětoval tím, že by jim sdělil Lachieho schopnosti. Místo toho si chtěl vše projít, aby zjistil, jak si on a jeho sedmičlenný tým (včetně Charlese) poradí se schopnostmi tří mocných, ale zlých bohyň.

V duchu si udělal inventuru a připomněl si přednosti svého týmu:

Já umím létat, moje židle také. Jsme neprůstřelní a já jsem super silný. Jsem dobrý vůdce, jsem chytrý a mám silnou empatii.

Lia je podnětná, empatická, laskavá, chytrá a umí číst myšlenky i do budoucnosti.

Alfred je silně myslící, inteligentní a jako nejstarší člen s věkem moudrý. Je empatický, někdy dokáže číst myšlenky a umí léčit nemocné.

Lachie komunikuje s bytostmi. Je samotář, ale to není jeho chyba. Je empatický a inteligentní. Ví, jak přežít navzdory všemu, a jeho maskovací schopnosti se mu budou hodit.

Haruto je nejmladší, ale je to trosečník. Dokáže se přetočit do neviditelna.

Brandy zemřela - několikrát - a znovu ožila. Určitě je to přeživší.

V neposlední řadě je to Charles Dickens. Jeho schopnosti jsou neznámé. Je však chytrý, empatický a dokáže se přizpůsobit.

Pomocí svého telefonu, když měl dost čárek, vyhledal na internetu historické dokumenty, aby zjistil, jaké schopnosti by Furianti přinesli:

Nadlidská síla.

Výdrž včetně vysoké tolerance bolesti.

Životaschopnost.

Obratnost podobná pavoučí.

Odolnost vůči zraněním a superrychlé léčivé schopnosti.

Let.

Měnění podoby - do podoby jiné osoby.

Neviditelnost.

Dokázali svým obětem způsobit bolest.

Meg mohla vylučovat parazity. FUJ.

Počkat, píše se tu, že Fúrie v minulosti představovaly spravedlnost. Píše se tam, že v minulosti škodily jen zlým a vinným... že dobří a nevinní se nemají čeho bát. Tak co se změnilo? Proč cítily potřebu zabíjet nevinné děti a používat k tomu hru?

Četl dál a přemýšlel, jak přesně ty děti zabíjejí. Podle legendy Fúrie nikdy žádnému z provinilců fyzicky neublížily. Místo toho používaly pocit viny - aby je dohnaly k šílenství.

Vzpomněl si na chlapce, který se ho pokusil zastřelit. Přesvědčily ho, že pokud neudělá, co mu řeknou, ublíží jeho rodině. Zajímalo ho, kde je ten kluk teď. Byl v jednom z Lovců duší?

Pokračoval v pátrání, aby zjistil, zda jsou Fúrie schopné milosrdenství, ale nenašel pro to žádný důkaz.

K seznamu přidal něco, co už věděli - Fúrie byly smrtelníci. To byla jedna věc, kterou měli se zlými bohyněmi společnou, a on a jeho tým budou muset najít způsob, jak toho využít ve svůj prospěch.

Lachie a Baby dostihli E-Z.

"Jak se daří Baby?" zeptal se.

"Už se mu daří lépe," odpověděl Lachie.

Baby zaklonil hlavu, vydal ze sebe řev a uháněl vpřed.

"Počkej na mě!" E-Z vykřikl.

KAPITOLA 8

THE FURIES

S hnusným pocitem naděje, který stále ještě páchl vzduchem, Fúrie čekaly. Opravily si spálené šaty a upravily spálené vlasy. Hadi naštěstí zůstali nezraněni. Aby byly reprezentativní pro příchod svého nadcházejícího hosta.

Byl to jejich dobrodinec. Ten, který je přivedl zpět na zem. Navrhl jim, aby si zřídili základnu v nedohledném srdci Údolí smrti.

Před selháním ohnivé koule viděli znamení. Znamení, že se teď všechno obrací proti nim. Změna byla dobrá, ale jen pokud ji měli pod kontrolou. Jejich čas se blížil. Museli být připraveni se pohnout. Věci se obracely v jejich prospěch. Museli na to jen čekat. Pak být připraveni k útoku.

"Eriel," zasyčela Meg.

Archanděl, jejich milovaný vůdce, konečně dorazil.

"Co je nového?" Tisi se zeptala. "Jsme znechuceni všemi těmi nadějemi, které visí ve vzduchu."

"Ano, tahle naděje nás sráží." Tisi a Allie si zpívaly, když tančily kolem hořícího ohně.

Díval se na ně, tančily nahé jako banshee. Práskaly biči, zatímco hadi, které měly místo rukou a vlasů, se klouzali a náhodně prskali.

Eriel se na ně snesl jako černý mrak, přistál a pak složil zavřená křídla. Díky jeho obrovské postavě vypadaly Fúrie jako panenky. Postavil se s rukama v bok a pak poklekl na jedno koleno, aby se dostal na stejnou úroveň jako oni. Byl to jeho způsob, jak se snížit na jejich úroveň a zároveň zůstat nad nimi. Chtěl, aby věděli, že pracují pro něj, a ne naopak. Byl unavený z toho, že to sestrám stále vnucoval, a přesto se obával, že je to jediný způsob, jak je udržet na uzdě.

"Není naděje - ne teď, když spolupracujeme," řekl Eriel. "A nesměj se. No, myslím, že se smát můžeš. To jsem dělala, když jsem se poprvé dozvěděla, že na tebe posílají tým dětí, aby tě zabil."

Fúrie byly hysterické. Jejich hlasy se ozývaly po celém Údolí smrti a plašily všechny ptáky.

"Ti idioti!" Řekla Meg.

"My ty děti sníme, k snídani, obědu i večeři," řekla Tisi a olízla si rty.

"My děti nejíme," řekla Alli. "Ale ty jsi vtipná, sestřičko. Chceme jen jejich duše. A já si nemůžu vzpomenout, PROČ je chceme. Vysvětli mi to ještě jednou, drahá sestro."

Meg řekla: "Plníme Erielův příkaz. Chce Lovce duší a my je pro něj získáváme. Jakmile splníme jeho požadavky, staneme se opět Dcerami Nyx - Laskavými - a budeme vládnout noci a dělat si, co se nám zlíbí."

"Takže když budu chtít ochutnat jedno z dětí - budu moci, že?" "Ne," odpověděl jsem. Tisi se zeptala. "Vždycky mě zajímalo, jak budou chutnat." Sklopila oči a přičichla ke vzduchu. Had na její hlavě se k němu vrhl.

Eriel se ušklíbl. "Tohle nejsou obyčejné děti, jako ty, které sleduješ ve hře. Tohle jsou nadané děti, s mocí a schopnostmi. Přesto tě budu informovat a budeš potřebovat mou pomoc." Eriel se usmála.

"Vaši pomoc? Porazit děti, obyčejné děti?" Trojice se rozesmála a pomocí svých silných netopýřích křídel se třepotala a zvedala nad zem. "Porazíme je dřív, než vůbec zaútočí." Hadi souhlasně syčeli a prskali.

"Jako jsme to udělali v bílé místnosti. Jako jsme to udělali s jejich kamarádkou Rosalií. Nechtěla nám říct, koho pro nás poslali. Chtěli jsme to vědět a už nás nebavilo čekat, až nám to řekneš ty. Tak jsme ji odvedli," řekla Meg.

"Jo, a málem jsi tu hru prozradila! Taky je škoda, že jsi nesebrala její duši a nedala ji do lapače duší," řekla Eriel. "Teď jsou tu volné konce. Z volných konců se mohou stát stopy pro ty, kteří po nich pátrají."

Podívali se na oblohu a uviděli pruh barev podobný duze, který se táhl od jedné strany k druhé. Jenže to nebyla duha, byla to energie. Energie těch, které archandělé naverbovali, aby udělali to, co sami nedokázali.

"Víme, že přicházejí - a nebudou mít proti nám šanci!" "Víme, že přicházejí," odpověděli. Tisi vykřikla.

No, podařilo se jim porazit ty infantilní ohnivé koule, které jste poslali!" Eriel vykřikl. "Tak ubohý a amatérský pokus to byl! Styděla jsem se za to, že s vámi spolupracuji! Ještě že o našem spojení nikdo neví."

Se zaťatými pěstmi a zuby Fúrie nepostupovaly, dokud Alli neprolomila ledy.

"Sestry, na jeho názoru na nás nezáleží. Udělaly jsme, co bylo v našich silách. Stálo to za pokus. Kromě toho už máme k dispozici spoustu duší." Zamíchala hrncem, na naběračce si lokla polévky a pak ji vyplivla. "Příliš mnoho soli," řekla. Přidala vodu, pak divoké houby a několik malých brambor. "A každý den sbíráme další dětské duše. Už mě nebaví čekat tady, až k nám přijdou dětští superhrdinové. Na to, až se zorganizují. Až budou všichni pohromadě, proč je prostě NEZABIJEME?" "Ne," řekl.

"Sestro, musíš být trpělivá."

"Už mě nebaví být trpělivá. Jsem unavená - jsem prostě a jednoduše unavená," řekla Alli. Zamíchala a po vhození několika divokých bylinek a koření polévku ochutnala a byla dobrá. "Večeře je hotová," řekla.

"Budeš trpělivá a nebudeš jednat - pokud ti neřeknu, abys jednala. Tohle je moje hra a já jsem tě pozvala, abys ji hrál. Beze mě jste jen tři zbytečné bohyně, které prospí zbytek svého života." Kopl botou do písku. "A je opravdu škoda, že musíte konzumovat lidskou stravu. Docela pokleslá úroveň - když teď potřebujete k přežití potravu. Až budu vládnout Zemi a všichni Lovci duší budou bydlet tady, udeřím na ZEMSKOU PAUZU. Budu vládnout Zemi, a pokud budete hrát správně. Pokud budeš dělat, co po tobě chci, budeš po mém boku. Podílet se na výhrách. Pokud půjdeš proti mně, pak se vrátíš do prachu."

Poté, co vyslovil slovo prach, rozevřel paže a křídla, vznesl se nad zem a zmizel.

Fúrie si společně zazpívaly, zatímco popíjely polévku. Hadi, kteří byli nejhladovější, ji vylízali, a přestože by hrnec vyčistili, chtěli ještě.

"Teď, když je pryč," řekla Meg, "si promluvíme o naší vlastní konečné hře."

Tisi a Alli se zakuckaly.

"Eriel věří, že nás vrátí do stavu bohyně, ale my tomu archandělovi nedovolíme, aby ovládl zemi. Kdo může říct, že nás nenechá v prachu, až uděláme všechnu práci? Archandělé ne vždy dodržují své sliby. Ani my nemusíme dodržovat ty naše, že ne, sestry?" "Ano," odpověděla jsem.

"Kdo si myslí, že je Vyvolený?" Alli se zeptala.

Meg se zasmála. "Není vyvolený ničím a nikým - ale my ho přesto potřebujeme."

"Ano," řekla Tisi. "Jeho sebedůležitost je jeho chybou." Ztišila hlas do šepotu: "Pokaždé, když promluví, oslabuje sám sebe. Pokaždé, když zradí ostatní archanděly, prozradí o kousek víc ze své moci."

Sestry opět propukly v zpěv:

"Krev naverbovaných dětí bude zítřejší polévkou.

Po večeři se budeme bavit s hula-hopem," řekla.

Meg se písně ujala,

"Miminka, děti zlé maličké a vinné jako hnůj

Řekneme pryč s jejich hlavami, když se nám to všechno poštěstí!"

Alli zpívala,

"Dcery temnoty proti dětem, které nemají ani páru.

Než skončíme, obloha bude pršet krví!"

Kdákaly a syčely, práskaly biči a tančily, zatímco měsíc stoupal na obloze výš a výš. Vyčerpaní padli na zem a usnuli v hlíně. Hadi dávali přednost této poloze - a také spali - před syčením a pohybem po celou noc.

"Dobrou noc, sestry," říkali si dokola, stejně jako to viděli dělat lidi v televizi u Waltonů přes satelitní anténu. Byl to jeden z jejich oblíbených pořadů. "A ráno se k tomu plánu vrátíme."

KAPITOLA 9

PAFHS9

PRO SAM A SAMANTHA to byla soutěž, protože čekaly, která skupina dětí se vrátí jako první. Vítěz by vstával s dvojčaty každý večer po celý měsíc, takže sázky byly vysoké.

Sam si vybrala E-Z, Lia a pak Alfreda. Samantha si vybrala Alfreda, E-Z a pak Liu.

"Ale E-Z je v Austrálii," okřikla ji Samantha. "Ty to teda prohraješ. Budu na tebe myslet - NE -, až budu měsíc prospávat celou noc." "A co ty?" zeptala se.

"Vybrala sis Alfréda a ten letí letadlem! Víš přece, jak vždycky přeplňují letadla a málokdy dodržují letový řád. Kdežto E-Z může přijít a odejít, jak se mu zlíbí, a jeho vozík cestuje úžasně rychle! Tak já vyhraju, a jsem si tak jistý, že ti sázku osladím a udělám z ní šest měsíců. Jste ochotni sázku zvýšit?"

Samantha tuto novou nabídku zvážila. Takové sázky by mohly manželství ublížit a už tak měli nedostatek spánku, když se oba každou noc budili, aby se věnovali dvojčatům. Objala ho: "Nechme to prostě jednoduché. Jeden měsíc."

"Kuře," řekl Sam a objal svou ženu kolem ramen. Políbil ji na čelo, když Jill spustila nářek, k němuž se Jack brzy přidal. "Já půjdu," řekl.

"Půjdeme spolu," řekla Samantha, vzala manžela za ruku a vyrazili na chodbu.

Malá Dorritka křídly letěla zpátky, a to maximální rychlostí.

"Nemohli bychom jít dolů a dát si něco k pití?" Brandy se zeptala.

"Prostě ne," řekla Malá Dorrit.

"Pojď," řekla Lia, "bude to trvat jen pár minut."

"Nechci tě strašit," řekla Malá Dorrit, "ale mám špatný pocit a chci, abychom co nejdřív zmizeli z otevřeného prostoru."

"Dobře," souhlasily obě dívky.

Už byly skoro doma, Lia poslala Samanthě esemesku, že budou za pár minut doma.

"Aha, obě jsme se mýlily!" řekla.

"Ale jedna z nás stejně bude muset každou noc vstávat k dvojčatům," řekla Sam.

"Budeme se střídat," řekla Samantha, když teď, když se dvojčata uložila ke spánku, vyšly se Sam na zahradu. Brzy uviděla malou Dorritku, jak přichází na přistání.

Lia a Brandy vyskočily.

"To bylo fakt super," řekla Brandy. "Díky, Malá Dorritko." Objala jednorožce, který jí odpověděl: "Není zač."

"Ano, díky, že ses o nás postarala," řekla Lia.

"Když jsem se o vás starala, byly nějaké problémy?" "Ano," odpověděla. Zeptal se Sam.

"Nic, co bych nezvládla," řekla Malá Dorrit. "A teď, jestli mě chvíli nebudete potřebovat, bych si ráda vzala vodu a něco k snědku."

"Jen si posložte," řekl Sam, "a děkuji, že jste se postarali o naše děvčata."

Malá Dorrit na Sama mrkla, pak se rozběhla a brzy zmizela z dohledu.

Po seznámení se Sam a Samanthou Brandy zavolala domů, aby dala matce vědět, že v pořádku dorazily.

O několik hodin později dorazili Alfred, Charles, Haruto a jeho babička. Stejně jako předtím proběhlo představování, k němuž se přidaly Brandy a Lia.

"Ty přece nemůžeš být TEN Charles Dickens," řekla Brandy se zdviženým obočím. "A ty jsi ještě dítě, sotva jsi vylezl z plenek," řekla Harutovi, který se v odpověď zatočil do neviditelna.

"Jejda!" Brandy vykřikla. "A ty, ty jsi velká opeřená labuť! Jak nám chceš pomoct porazit Furii!" "Jak?

"Tak zaprvé," začal Alfréd, "jsi mnohem hrubší, než bys měl být. I taková nevychovaná labuť, jako jsem já, se umí chovat."

"Anata wa gakidesu!" Harutova babička řekla, což v překladu znamená "Jsi spratek!".

Od neviditelného Haruta se ozvalo chichotání.

Lia zasáhla a omluvila se: "Já ji zasvětím. Je v pohodě. Jen jí dej trochu času, aby se zabydlela," řekla. "Až do teď jsem nevěděla, když jsem to viděla na vlastní oči, co Haruto dokáže." Malému chlapci řekla: "Vrať se, Haruto, prosím. Nechtěla zranit tvé city."

"Promiň," řekla Brandy s očima sklopenýma k podlaze.

Haruto se vrátil, ztrácel se a ztrácel. Stál s rukou kolem babiččina pasu. Alfred a Charles se k nim přiblížili.

"Právě jsme vystoupili z letadla a jsme unavení - takže se půjdeme osvěžit. Až se vrátíme, očekávám, že jí dáte vodítko nebo kus lepicí pásky přes pusu. Nebo ji naučte slušnému chování," řekl a pak s ostatními dvěma v závěsu odcupital na chodbu.

"Páni!" Brandy řekla. "Prostě WOW! Řekl jsem, že se omlouvám."

"Ne, měl pravdu," řekla Lia.

Samantha řekla: "Teď jsi v našem domě a nedovolíme, abys byla na někoho hrubá."

Sam si založil ruce na prsou, zrovna když dvojčata začala znovu kvílet.

"Musí mít hlad. Neboj, já to zvládnu," řekla Samantha, ale než odešla, pohlédla na Brandy.

"Brandy, jsi na cizím místě, kde ještě neznáš nikoho jiného než Liu a Malou Dorrit," řekla Sam. "Jestli chceš být součástí tohoto týmu, porazit Fúrie - pak musíte spolupracovat. Urážet své spoluhráče není efektivní způsob, jak začít. Navrhoval bych, abyste se po jejich návratu znovu omluvili, jako že to myslíte vážně, a požádali o možnost začít znovu."

Brandy měla oči plné slz: "Jen mě překvapilo, že vidím další členy týmu, se kterými budu pracovat. Ale máš pravdu, znovu se omluvím a požádám o další šanci. Doufám, že mi odpustí. Máma vždycky říkala, že jsem příliš upřímná, než aby mi to bylo milé."

Lia se usmála. "Alfreda si zamiluješ, až ho poznáš. Tohle je poprvé, co jsem se s Charlesem setkala i osobně. Charles je ve zvláštní situaci. Když mu bylo deset let, psal se rok 1822. Přemýšlej o tom. A s Harutem a jeho babičkou se také setkávám poprvé."

"To je šílené! Tehdy byl prezidentem James Monroe - a byl to náš pátý prezident!" "To je pravda! Brandy zachroptěla. Jemně šťouchla loktem do Lii: "Máma s tátou by byli super ohromení, že jsem si tuhle informaci zapamatovala! A ten kluk, tedy Haruto, no, zdá se, že je příliš mladý na to, aby riskoval svůj život."

Lia se rozesmála a Sam se přidal, pak uslyšel, že ho žena volá, aby jí pomohl s dvojčaty, a vyběhl z místnosti.

Charles odpověděl: "Když jsem tu byl naposledy, byl na trůně Jiří IV. Aspoň se nemusím bát, že se příští rok vrátím do chudobince," řekl s úsměvem, který rychle vyprchal.

Lia ze sebe vydala nedobrovolný výkřik, zatímco Brandy se rozplakala a řekla: "Je mi to moc líto, Charlesi."

"Aha, takže jsi už slyšela o chudobincích," řekl. "Ale já jsem tady a přežil jsem to a zřejmě jsem své zkušenosti využil k tomu, abych psal o postavách jako Oliver Twist a Malá Dorritka, abych zmínil dvě. Ano, četl jsem si o sobě na internetu a musím vám říct, že jsem na sebe dokonce udělal dojem."

"Ještě ses nesetkal s jednorožcem Malým Dorritem," řekla Lia. "Odešla se občerstvit, ale brzy se vrátí."

"Kdo?" Charles se zeptal.

Na pokyn se Malá Dorrit znovu objevila kroužící nad jejich hlavami a rychle přistála.

"Malá Dorritko, tohle je Charles Dickens. Charlesi, tohle je Malá Dorritka," řekla Lia.

Charles oněměl, když se k němu přátelský jednorožec přitiskl. "Ani ve snu by mě nenapadlo, že se někdy setkám s jednorožcem."

"Těší mě, Charlesi," řekla Malá Dorrit.

"A ještě k tomu chytře mluvící!" Charles zalapal po dechu. Měl milion otázek, které by jí chtěl položit, ale ty musely počkat, protože nahoře na obloze přistávali E-Z, Lachie a Baby. "Jsem vzhůru, nebo se mi to zdá?" Charles se zeptal. "Štípni mě, ať mám jistotu."

Jakmile Baby přistála a Lachie sesedl, všude kolem proběhlo představování, protože E-Z spěchal dovnitř na záchod. Když se vrátil, připojili se k nim Sam a Samantha s dvojčaty v závěsu, Haruto a Alfred.

"Celá parta je tady," řekl Alfred.

"Můžu s tebou a Harutem mluvit?" zeptala se Brandy. Když přikývli, řekla: "Je mi to moc, moc líto.

Prosím, odpusťte mi mou hrubost a dejte mi druhou šanci." Haruto se usmál. Podívala se na své nohy.

"Začneme znovu," řekl Alfred.

"Saikai suru," řekl Haruto a pak přeložil: "To, co řekl." "To, co řekl," odpověděl.

"Anata wa yurusa rete imasu," řekla Harutova babička, což v překladu znamená: "Je ti odpuštěno." Haruto se na ni podíval.

Na Baby a malou Dorrit stojící vedle sebe byl velmi zvláštní pohled. Malá Dorrit nebyla malá, byla to jednorožec, který měřil přes osm stop, zatímco Baby, nebyl vzrůstem žádné dítě, protože měřil přes osmnáct stop.

"Ehm, myslím, že vy dva - míněno Baby a Malá Dorrit - si budete muset najít jiné místo na spaní, protože zahrada pro vás dva nebude dost velká," řekl E-Z.

Malá Dorritka řekla: "Já o jednom místě vím a můžeme si tam dát něco dobrého k jídlu a taky vodu."

"To zní dobře," řekla Baby.

Harutova babička poplácala miminko po hlavě a zeptala se: "Josha wa dodesu ka?" Což v překladu znamená: "Co takhle se svézt?" "Ano," odpovědělo miminko.

Dítě odpovědělo: "Tashika ni, tobinotte!", což v překladu znamená: "Jasná věc, naskoč!".

Haruto přiběhl a řekl: "Matte watashi o wasurenaide!", což v překladu znamená: "Počkej, nezapomeň na mě!".

Miminko se spustilo dolů, aby Haruto a jeho babička mohli vylézt na jeho záda. Odletěli a Malá Dorrit je těsně následovala.

Sam řekl: "Myslím, že by se všichni měli usadit a zítra si můžete povídat a plánovat, jak se vám zlíbí."

"Dobrý nápad," řekl E-Z, když Bejby vysadil Haruta a jeho babičku. Sobovi stály vlasy na hlavě, jako by strčil prst do zásuvky.

Když Harutova babička oněměla, Samantha ji odvedla do svého pokoje. "Haruto spí v mém pokoji," řekla.

"Jasně, hned jsem zpátky." Zamířila chodbou k E-Zovu pokoji.

"Jaké to bylo?" E-Z se zeptal Haruta.

"Subaraši!" vykřikl, což v překladu znamená "Fantastické!".

"Dneska nám přivezli postýlku a palandy," řekla Sam, "takže Haruto, Charlesi a Lachie, vy jste s E-Z a Alfredem v jejich pokoji. Alfréd spí na konci E-Zovy postele."

"Díky," řekl E-Z, když zamířili do jeho pokoje. "Mimochodem," řekl, když osaměli, "měl někdo z vás cestou zpátky potíže?" "Ano," řekl.

Alfred řekl, že ne.

"A co ty, Lio?" zeptal se v duchu.

"Ne."

"Tak co se stalo?" Alfred se zeptal.

"No, měli jsme na stopě hořící ohnivou kouli."

Lia zalapala po dechu.

"Ale díky Babyho pohotovému myšlení byla zničena."

"Jak se mu ji podařilo zničit?" Alfred se zeptal.

"Bejby ji spolkl a pak ji upustil do oceánu."

"To je děsivé," řekl Haruto.

"Pořád mám o Bejbyho trochu strach," řekl E-Z, "protože cestou zpátky jsem si všiml, že několikrát zakašlal a kýchl."

Lachie řekl: "Z úst a nosních dírek mu dokonce vylétly jedny jiskry. Říká, že je v pořádku, ale já ho bedlivě sleduju."

"Nemůžeme ho přece vzít k veterináři, ne?" "Ne. Alfréd řekl.

Haruto se rozesmál a zasmál se.

"Co je na tom k smíchu?" E-Z se zeptal.

"Hyoryu Doragon," řekl. "Hyoryu Doragon!" - Což v překladu znamená dračí veterinář - a znovu zařval smíchy.

Alfréd a E-Z pokrčili rameny, stejně jako Charles, který změnil téma a zeptal se, jestli si ostatní myslí, že by měli vymyslet nové jméno pro svůj tým, když jich je teď sedm místo tří.

"Možná," řekl E-Z.

"Jaké jsou naše klíčové vlastnosti?" Zeptal se Charles.

"Slib," navrhl Haruto, když se uklidnil a přestal se smát.

"Aspirace," řekl Charles.

"Víra," řekl E-Z.

"Naděje," řekl Alfréd.

Samantha několik minut poslouchala za dveřmi. Všichni zněli dost přátelsky, a tak se vrátila, aby si promluvila s Harutovou babičkou.

"Haruto se zabydluje s ostatními chlapci a povídají si. Jestli chceš, můžeš ho sem zítra nastěhovat. Má tam svou vlastní postýlku. Plánovali nové jméno pro svůj tým superhrdinů - tak jsem jim nechtěla narušovat brainstorming." "Ahoj," řekla.

Harutova babička přikývla: "Děkuji."

Lia a Brandy se nyní zapojily do rozhovoru mezi pokoji.

"Síla x 7," navrhly dívky.

"Hm, ona někdy dokáže číst naše myšlenky," potvrdil E-Z.

"A co PAFHS7?" vykřikl Charles.

"To se mi líbí," řekl E-Z, "ale nezapomínáme na dva klíčové členy našeho týmu? Myslím tím Malou Dorrit a Bejbyho. Jsou to nedílní členové a už nám několikrát zachránili zadek." "A co?" zeptal se.

Alfred ta slova zopakoval, stejně jako Haruto.

"A co PAFHS9!" Lia a Brandy zazpívaly.

PAFHS9 si nemohli pomoct, smáli se - dokud neslyšeli, jak se jim někdo prochází nad hlavami po střeše.

"Co to sakra bylo?" Zeptal se E-Z.

"Jůůůůůůůůůůůůůůůůůůůůůůůůůůůů! To jsme my!" Rafael řekl. "Eriel a já.

KAPITOLA 10

NA STŘEŠE

Když se Sam v županu vypotácel ven, aby prozkoumal hluk na střeše, napadlo ho, jestli Vánoce nepřišly dřív. Neviděl, kdo je nahoře, dokud nestál uprostřed trávníku před domem.

"Pšššt!" zašeptal. "Právě jsme uspali děti."

Archandělé neodpověděli. Místo toho svěsili hlavy jako dvě vynadané děti.

"Nechcete jít dovnitř?" zeptal se.

"Děkuji, moc vám děkuji," odpověděl Rafael.

POOF

POW

Ona i Eriel zmizeli.

Sam se z trávníku hned tak nepohnul. Nohy měl mokré od rosy na trávě, a když si zaťal pěsti do kapes županu, zahlédl, jak Malá Dorrit a Baby krouží kolem domu.

"Je tam dole všechno v pořádku?" Dorritka se zeptala.

"Ano," řekl Sam, "ale pro jistotu nechoď moc daleko. Kdybychom potřebovali pomoc, zapískám na píšťalku." Zamával a pak znovu vstoupil do domu, který byl nyní plný hlasů a škrábání židlí. Zatnul zuby a doufal, že dvojčata tvrdě spí. Teď v kuchyni si všiml, že kromě Harutovy babičky jsou všichni vzhůru.

Rafael, který seděl v čele stolu, teď připomínal ženu, která byla v hotelu oblečená jako zdravotní sestra, když Alfredovi zachránili život. Její dlouhý, splývavý šat připomínající promoční šaty zvyšoval její postavení mezi ostatními, jako by byla usazenou profesorkou nebo soudkyní.

Eriel naopak změnil svůj vzhled, takže vypadal jako zesnulý zpěvák, jehož poznávacím znamením bylo oblékat se od hlavy až k patě do černého včetně slunečních brýlí s tmavými obroučkami.

"Potřebujeme další židle?" Samantha se zeptala.

"Myslím, že nám to stačí," řekla Sam. "Doufám, že to nebude trvat moc dlouho. Jo, a E-Z, ty si vezmi druhý konec stolu, protože jsi náš zvolený vůdce."

"Ehm, díky," řekl E-Z a přesunul se na své místo. "Tak co tady sakra vy dva děláte uprostřed noci?" "Nevím," odpověděl jsem.

"A kdo říkal, že já jsem ta nevychovaná?" zasmála se Brandy.

Lia řekla: "Pšt."

Rafael se podíval na každé z dětí. Bylo to poprvé, co viděla Haruta, Charlese, Brandy a Lachie. Všichni byli tak neuvěřitelně mladí, tak odvážní. Oči se jí zaleskly, když její pohled padl na E-Z. Sklonila hlavu.

E-Z čekal a pak si uvědomil, že ho Rafael žádá, aby jí dal svolení promluvit. Přikývl.

Než promluvil, Rafael si upravil její nové brýle. To, že to udělala, přimělo E-Za, aby si upravil své staré brýle, které na přání jejich původního majitele nikdy nesundal z obličeje.

Charles, který byl velmi nezvykle stále netrpělivější, se zeptal: "Paní, proč jsem tady jako desetiletý kluk, když bych byl pro tento tým mnohem užitečnější jako dospělý." "A proč?" zeptal se.

"TICHO!" Eriel vykřikl a praštil pěstí do stolu. "Máme slovo. Mluv, sestro, protože tyhle děti jsou čím dál netrpělivější. Jejich oči se mihotají a tryskají po místnosti. Jako by čekaly, že je hodíš do horkých kádí s voskem!"

"Hrubý!" Brandy vykřikla. "Já se tě nebojím!"

"Pšt," zašeptala Lia.

Charles se na Brandy usmál.

"Měla by ses bát," ušklíbl se Eriel. "Hodně se bát."

"Pořádek! Pořádek!" Rafael vykřikl a ona počkala, až se všichni usadí a zklidní. "Jsme tu dnes večer pro VÁŠ prospěch." Rafael to řekl poněkud hlasitěji, než čekala.

"Tady! Tady!" Eriel se vmísil do hovoru.

"Jak to?" E-Z se zeptala.

"Řekne ti to, když ztichneš!" Eriel prohlásila.

Rafael opět počkal, než znovu promluvila.

"Není čas na fantaskní plány ani na zdržování. Fúrie působí spoušť, každým dnem čím dál víc pirátskými Lovci duší. Vyhazují staré duše do otevřené prázdnoty. Tam venku je naprostý chaos! A s každou vteřinou, každou minutou, každou hodinou každého dne jich vytvářejí víc. Stručně řečeno, je třeba je zastavit. Okamžitě."

"Ale..." "O dětech ses ani nezmínil," řekl Alfréd.

Eriel se zvedl ze židle. Zadíval se na Alfréda a přinutil ho odvrátit zrak. "Ještě neskončila."

Rafael tentokrát pokračoval bez zaváhání.

"My, Eriel a já, jsme tu proto, abychom ti poradili - aniž bychom se do toho přímo zapojili. Naším úkolem je pomoci vám, abyste si pomohli zachránit děti."

E-Z se to vůbec nelíbilo, vůbec ne. Praštil pěstí do stolu.

"Už jsme se dohodli, že budeme bojovat proti Furiím. Nejdřív se musíme připravit, zformulovat plán. Až budeme připraveni, zničíme je. Jestli jste sem přišli, abyste nás popohnali, abyste nás dotlačili do bitvy dřív, než nastane správný čas, pak bych se jako zvolený vůdce rád stáhl. Jsme ještě děti a vy po nás chcete, abychom riskovali své životy. Já nejsem, my nejsme ochotni postupovat vpřed, dokud nebudeme plně připraveni."

Lia se postavila jako první a začala tleskat a zbytek jejího týmu se přidal.

"Co řekl," zabručel Alfred, protože labutě neumějí tleskat.

"Počkej!" Rafael se ozval. "Nejsme tu proto, abychom tě tlačili, jsme tu proto, abychom ti pomohli."

Erielova barva se změnila z bílé na červenou, což bylo v extrémním kontrastu s jeho černým oblečením. E-Z a ostatní se dívali, jak archandělova pleť dál rudne, a báli se, aby mu nepraskla hlava.

"Uklidněte se a posaďte se!" Rafael nařídil. Eriel se několikrát zhluboka nadechl a pak klesl zpět na své místo.

Rafael zůstal klidný se vztyčenou hlavou. Odsunula židli a vstala. A stoupala dál, dokud se nepřehoupla přes ostatní. Usadila se, jako by jela na kouzelném koberci, a naklonila hlavu doprava, jako by pózovala pro selfie.

"Jsme oddáni tobě i úkolu, ale naše síly mají svá omezení. Jestli znáte rčení 'jsme tu pro vás v duchu' - tak to jsme my. Dnes jsme rozbili všechna pravidla, když jsme přišli sem k vám domů. Udělali jsme to navzdory radám našich nadřízených a navzdory zdravému rozumu.

"Tím, že jsme sem přišli, jsme se vystavili nevídaným a neznámým nebezpečím, ale vy za to riziko stojíte. Proto jsme se rozhodli přijít a nabídnout naši pomoc osobně."

"Také chápeme, že jste formulovali plán a my jsme tu jako vaše hlásné trouby. Můžeš si ho na nás vyzkoušet, jestli bude fungovat. Pokud si všimneme nějakých nedostatků, upozorníme vás na ně a pomůžeme vám."

E-Z pohlédl na členy svého týmu, kteří se opět posadili. "Zvažujeme možnost vtáhnout bohyně do hry a porazit je tam." "A co kdybychom se na to podívali?" zeptal se.

"Aha, chápu," řekl Rafael. "Věříš, že je můžeš porazit v jejich vlastní hře, abych tak řekl, chytráku. Docela chytře, ale obávám se, že ne dost chytře."

"Jak to myslíš?"

"Přišli na to, jak manipulovat a ovládat všechny hráče v herním světě. Znají všechny triky z knihy - protože průmysl jim to usnadnil, jakmile se jednou do hry zapojíš. Abyste mohli hrát, musíte zabíjet. Chcete-li postoupit, musíte zabíjet. Chcete-li vyhrát, musíte zabíjet.

"Uvnitř herního světa E-Z budete muset zabíjet také. Jakmile to uděláte, stanete se férovou hrou pro The Furies. Mohou zajmout každého z vás, jednoho po druhém. Nemůžete tam stát jako tým. Týmy uvnitř hry jsou pouhé iluze. Žádný hráč by nebyl z jejich pomstychtivého spiknutí vyjmut.

"Nezapomeňte, že bohyně mají mandát - a tím je potrestat nepotrestané. A řídí se jím do puntíku, žádné kdyby, a nebo ale. Využívají však šedou zónu ve svůj prospěch. Nic je nezastaví - pokud se ovšem budou držet mandátu." Zastavila se a pohlédla na Eriela: "Chceš něco dodat?"

"Být tebou," řekl, "zaútočil bych na ně přímo na otevřeném prostranství. Tam, kde a kdy to budou nejméně čekat. Dostal by ses tak do pozice síly a oni by byli zranitelní."

"To v případě, že nás neuvidí nebo nevycítí, že si pro ně jdeme," řekla Brandy. "Pořád nechápu, jak to, že ty děti zabíjejí. Musíme je vidět, abychom to pochopili a věděli, proti čemu stojíme. Řekla jsem, že pomůžu, ale rozhodně jsem čekala konkrétnější informace."

"E-Z," zeptal se Rafael, "jsi ochotný mi vrátit brýle? Na krátkou chvíli? S nimi ti budu moci ukázat techniku Furií. Jak chytají děti do pasti v rámci hry v reálném čase. Brandy má pravdu, vidět znamená věřit, ale bez svých původních brýlí to nedokážu. To můžeš rozhodnout jen ty. Pokud opravdu chcete vidět. Pokud opravdu chcete vědět."

"Super," řekla Brandy. "Jdeme na to, E-Z."

Eriel se podívala na strop. "Ophaniel mě povolal. Musím jít." Uklonil se.

ZIP

Zmizel v noci.

E-Z si sundal červené brýle a složil je, než je podal Rafaelovi, který se stále vznášel nad stolem. Když po nich sáhla, brýle jí vlétly do rukou.

Rafael jí sundal nové brýle a vyleštil ty staré, než jí je nasadil na obličej. Usmála se, když ona i všichni ostatní v místnosti sledovali, jak se krev hadovitě pohybuje po obroučkách, jako by se s ní znovu seznamovala.

Když se krev v brýlích vrátila ke svému rafaelovskému proudu, nasadila si je na obličej a pak si je namířila ke zdi, protože z brýlí vyzařovala silná jasná blikající světla, jaká byste čekali, že uvidíte v kině.

"Než začneme," řekl Rafael, "tohle není pro slabé povahy. To, co se chystáte vidět, je hodnoceno jako doprovod pro dospělé. Myslím, že by to Haruto neměl vidět."

Samantha řekla: "No tak, Haruto. My dva se můžeme podívat na televizi ve vedlejším pokoji."

Oba odešli. A pořad začal.

Na obrazovce byl malý chlapec. Asi sedmiletý, možná osmiletý. Ačkoli bylo uprostřed noci, seděl u počítače. Na hlavě měl sluchátka. Před ústy měl malý mikrofon, který byl připevněný k jeho čelence.

"Mám tě!" řekl. "Potřebuju už jenom jedno zabití, pak se dostanu do další úrovně."

HHÍÍÍ.

A oni to slyšeli taky.

"Jsi vrah!"

"Zabíjejí jen zlí kluci - a ty jsi zlý kluk. Ví tvoje máma, jaký jsi zlý kluk zabiják?"

"Hraju hru," řekl. "Je to jenom hra, a když nezabíjím, nemůžu postoupit."

"Chudák kluk," řekl E-Z.

Ticho.

Chlapec pokračoval ve hře. Brzy nastal čas, aby znovu zabíjel. Tentokrát zaváhal.

"Pokračuj. Už jsi jednou zabil, víš, že to byla zábava, tak do toho a zabij znovu. Víš, že chceš."

"Ne!" řekl.

"Na tom nezáleží. Stačí nám jedno zabití!"

Pak syčení opět zesílilo, bylo hlasitější, hlasitější, hlasitější.

"Přestaň!" vykřikl.

"Přestaň, Rafaeli!" Lia vykřikla.

"Nemůžu," odpověděl archanděl. "Říkal jsi, že chceš vidět, jak to dělají. Pokud se někdo z vás příliš bojí, odejděte z místnosti nebo si zakryjte oči. Brandy měla pravdu, musíte to vidět na vlastní oči. Až doposud jsem to také neviděl."

HHHHHHHHHHHHHHHHHHHHHHHHHHHHHHHHHHHH

Pokračujte. Jednou jsi zabil, víš, že to byla zábava, tak do toho a zabíjej znovu. Víš, že to chceš."

Pokračuj. Jednou jsi zabil, víš, že to byla zábava, tak do toho a zabij znovu. Víš, že to chceš."

Pokračuj. Jednou jsi zabil, víš, že to byla zábava, tak do toho a zabij znovu. Víš, že to chceš."

"La, la, la, la," zpíval chlapec. Snažil se hlasy zablokovat.

"Zbláznil se," řekl jeho kamarád, který také hrál hru. "Já odcházím. Uvidíme se zítra ve škole, Tommy."

"La, la, la, la!" Tommy si dál prozpěvoval.

Puls se mu zrychlil. Zrychlil se mu tep. Bušilo a bušilo, jako by se mu chtělo vyrvat z hrudi. Nemohl dýchat. Pokusil se vstát, ale nohy mu ztuhly.

V hlavě uslyšel hlas. Znělo to jako hlas jeho matky, ale nebyl to hlas.

"Strašně se za tebe stydíme, Tommy. Nezasloužíme si, aby náš syn byl vrah!" Tommy se zasmál.

Druhý hlas, který zněl jako otcův.

"Náš syn není vrah, kdo jsi ty? Ty nejsi náš syn."

Tommy se rozplakal.

"Jsem vrah," řekl, když se sesunul ze židle a zhroutil se do klubíčka na podlaze.

Nyní se z obrazovky ozvaly další dva hlasy. Jeho bratr Alex, jeho sestra Katie, zpívající s rodiči písničku, která se zpívala na oblíbenou dětskou melodii o morušovém keři. Jejich verze zněla takto:

"Tomášek je mouřenín, mouřenín, mouřenín, mouřenín, Tomášek je mouřenín, a my už ho nemáme rádi."

Chudák Tommy byl teď úplně sám.

"Nevzdávej to," křičela Lia, i když věděla, že ji neslyší.

Na podlaze, stočený do klubíčka, si představoval, jak kolem něj tančí maminka, tatínek, sestra a bratr. Kroužili kolem něj jako sup, který krouží kolem své kořisti.

"Tomášek je mouřenín; mouřenín, mouřenín, mouřenín, Tomášek je mouřenín, A my už ho nemáme rádi."

Tomáškovo srdíčko bylo zlomené. Vymrštilo se z jeho těla a odletělo.

Fúrie ho chytily a strčily do lapače duší. Zabouchly dveře.

Rafael si sundal brýle. Vzápětí skončil nástěnný projektor. Když podávala brýle zpátky E-Z, po tváři se jí skutálela slza.

Ticho kolem stolu bylo ohlušující.

"Vedle nich vypadají čarodějnice, o kterých psal Shakespeare v Macbethovi, mile," řekl Alfred.

"Nevím, jak jim moje schopnost maskovat se nebo mluvit se zvířaty pomůže, ne proti nim," řekl Lachie.

"Jednoho bych zabila, umřela, vrátila se, zabila druhého, umřela, vrátila se a zabila třetího," řekla Brandy. "Ať se mi dostanou do rukou!"

"Počkej chvilku," řekl E-Z. "Teď, když jsme to viděli, si o tom musíme promluvit. Než se do toho ponoříme. Možná bychom měli znovu hlasovat? Naše účast musí být jednomyslná."

Ozval se Sam. "Nemusíš se stydět, říct ne. Nikdo vás nejmenoval zachránci světa."

"Má pravdu," řekl Rafael. "Nikdo vás nejmenoval - a přesto není nikdo jiný, kdo by to mohl udělat."

"Proč to nemůžete udělat vy, archandělé?" Brandy se zeptala.

"Vyzkoušeli jsme všechno, co jsme znali, a neuspěli jsme. Proto jsme přišli za vámi," řekl Rafael. "A jednu věc vám všem chci objasnit... Pokud někdy nastane chvíle, kdy se budete bát, že se blíží konec, právě tehdy vám přijdeme na pomoc."

"Jak nám tedy hodláte pomoci, když jste nám právě řekli, že jste k ničemu?" Charles se zeptal.

"Na to jsem se chtěla zeptat," řekla Brandy.

"Jestli, až se bude blížit konec... my archandělé dostaneme jiné schopnosti. Dokud jich nebude zapotřebí, tyto síly spí hluboko v útrobách země.

"Mezitím, E-Z, znáš kouzelná slova, kterými přivoláš Eriela na svou stranu. Stejná slova přivedou i mě a ostatní, pokud nás budeš potřebovat.

"Přijdeme. Budeme bojovat po tvém boku. Ale prosím, nepromarni to volání. Aby se starodávné síly probudily, musí existovat neklamný důkaz, že se blíží konec lidské rasy."

"A co když vás zavoláme a síly, o kterých říkáte, že budou, nepřijdou. Co pak?" Zeptal se E-Z.

"Pak zemřeme spolu s vámi." "To je pravda.

E-Z bouchl pěstí do stolu.

"Když je vidím v akci, vaří se mi krev. Musíme je porazit."

"Tady! Tady!" Charles vykřikl.

"Ale nejdřív," řekl Sam, "musíš to těm dětem říct, než je pošleš do boje. Řekni jim přesně, jak jste se s ostatními archanděly snažili porazit Fúrie."

"Nastražili jsme na ně past, když jsme zjistili, že se vrátili. Zradila nás, prozradila nás a oni se pak přesunuli do Údolí smrti. Údolí smrti je teď pro archanděly mimo dosah." "Cože?" zeptal jsem se.

"Mimo hranice? Kdo to tak udělal?"

"To je otázka, na kterou nedokážu odpovědět. Vím jen to, že tým nesmírně mocných archandělů nedokázal prolomit ochranné bariéry, které tam postavili."

"To je všechno?" Brandy se zeptala. "To je všechno, co jste zkusili, a teď chcete, abychom to převzali my. Opravdu?"

"Jsme archandělé a naše moc na Zemi je omezená." Rafael si dal ruce v bok. "Naše síly jinde jsou také omezené." Zasmála se.

"Dobře, dobře," řekl E-Z. "Chápeme to. Nemáme na výběr, vlastně ne, ale nechte to na nás."

"Dobrá," řekl Rafael. "Ale než odejdu, Charlesi, chtěl jsem ti odpovědět na tvou otázku. Archandělé tě nepovolali ani nepropustili. Věříme, že to, že jsi tady, je náhoda.

"Myslíme si, že ani Fúrie o tobě nevědí. Možná jsi tajná zbraň. Možná máš v sobě obrovskou moc.

"Říkal jsi, že sis přál, aby tě přivedli zpět jako dospělého muže. Tvůj dnešní věk je příznačný. Věříme, že děti mají v rukou budoucnost lidské rasy. Pouze děti mohou porazit čisté zlo."

"Ale proč jen děti?" Charles se zeptal.

"Protože se rodí s čistým srdcem," řekl Rafael.

Charles se na svém místě posadil o něco výš.

Rafael pokračoval: "Charlesi Dickensi, neboj se experimentovat a odhalit své pravé já. Uvnitř tebe se mohou skrývat dveře, které můžeš otevřít jen ty. Klíč.

"Už samotný fakt, že mezi tebou, E-Z a Samem existuje pokrevní linie, je významný. Nebojte se riskovat, abyste ten klíč našli. Jsi tu, abys pomohl zachránit lidstvo. O tom není pochyb. Využij svůj čas zde moudře. Udělej něco pro změnu."

Charles se rozplakal, protože až do této chvíle; se cítil zbytečný. Ostatní ho utěšovali a uklidňovali.

"Hodně štěstí vám všem," řekl Rafael.

POW.

A byla pryč.

"Až tohle přežijeme," řekla Lia, "a my to přežijeme, uspořádáme tu největší vítěznou oslavu, jakou jsme kdy zažili."

"Charlesi," řekl E-Z. "Jestli má Rafael pravdu, mohl bys být nejdůležitějším členem týmu. Prosím, udělej si čas a trochu si prohlédni duši."

"Jak se to dělá, hledání duše?" zeptal se.

"Jedním ze způsobů je meditace," řekla Brandy.

"Nebo procházky v přírodě," řekl Lachie.

"Čas o samotě, jen tak přemýšlet," nabídl Alfred.

"Pojďme se vyspat a pokračujme v téhle diskusi ráno," řekl E-Z.

"Nemyslím si, že se po tom, co jsem sledovala chudáka Tommyho, moc vyspím," řekla Lia. "Bylo to ještě horší, než jsem si představovala."

"Ano, chudáček Tomášek," souhlasil Alfréd.

"Takže, všichni jsou ještě uvnitř?" Zeptal se E-Z.

Od všech se ozvalo "ANO".

"A co Haruto?"

"Myslím, že bude pořád ve hře," řekl E-Z, "ale všechno vysvětlím Sobovi a může si to s ním vyříkat. Naprosto bych pochopil, kdyby se rozhodl odstoupit."

"Já si ale myslím, že to neudělají," řekla Samantha. "Haruto spí. Styděl se, protože byl příliš mladý na to, aby viděl to, co ty. Jako by byl méněcenným členem týmu."

"Udělala jsi dobře, že jsi ho odvedla z místnosti," řekla Sam. "To, čeho jsme byli svědky, bylo strašné."

"Souhlasím," řekl E-Z.

Charles řekl: "Takže všichni za jednoho a jeden za všechny. Jako ve Třech mušketýrech."

"Tu knihu jsem vždycky miloval!" Alfréd řekl.

I v těch nejhorších situacích knihy vždycky táhly lidi za jeden provaz. Každý člen PAFHS9 doufal, že je to jediná věc na světě, která se nikdy nezmění.

KAPITOLA 11

DEJA VU

E-Z a Sam už neměli moc času o samotě, ale ani jeden si na to nestěžoval. Samantha si dělala starosti, že si přestávají rozumět, a byla rozhodnutá to napravit tím, že je překvapí snídaní pro ranní ptáčata v Ann's Café.

Do kuchyně dorazily ve stejnou dobu - obě totiž dostaly esemesky, aby se oblékly a okamžitě přišly do kuchyně.

"Co se děje?" Zeptal se Sam.

"Jo, co se děje?" E-Z se zeptal.

"Nic se neděje," řekla Samantha. "Vy dva máte rezervaci u Ann, tak tam hned vyrazte - než se všichni probudí a budou se k vám chtít přidat."

Sam svou ženu políbil.

"Myslel jsem, že je načase, abyste se spolu zase nasnídali."

E-Z Samanthu objal.

"Uděláme si tam vlastní cestu?"

"Určitě, strýčku Same."

Sam popadl batoh s notebookem a vyrazili.

Bylo krásné jarní ráno se spoustou ptačího zpěvu, který jim cestou do kavárny dělal serenády.

"Ta tvoje žena je dost zvláštní."

"Ano, je jedna z milionu."

Brzy dorazili do kavárny. Byla téměř prázdná a Ann nikde, ale E-Z poznal její sestru Emily. Neviděl ji od doby, kdy byl malý kluk.

"Moc ses nezměnil," řekla Emily a objala ho kolem ramen.

"Ty taky ne," řekl E-Z tlumeným hlasem, protože ho dusila ve svém objemném svetru. "A tohle je strýček Sam."

"Vidím tu podobu," řekla Emily a pevně mu podala ruku. "Mám pro tebe perfektní stůl, pojď za mnou."

Když míjeli jejich obvyklý stůl, zaváhal a podíval se na strýce. "Nevadilo by ti, kdybychom si místo toho sedli k tomuhle, Emily?"

"Jistě!" Emily položila příbory a podala mu jídelní lístky. "Kávu?" Sam přikývl, nalila mu plný hrnek horké páry.

"Dáš si jako obvykle?" zeptala se E-Z. Sestra mi řekla, jaké by mohly být."

"Určitě."

"A byl to čokoládový hustý koktejl, nemám pravdu?"

Byla na místě.

"A ty, Same?" zeptala se. "Co si dneska dáš?"

"Dvě z toho, co si dává můj synovec," řekl, "ale ten hustý koktejl si nechte. Káva je jediný nápoj, který dnes ráno potřebuju."

"Správně!" řekla a odešla do kuchyně.

Sam otevřel notebook a pak ho zase zavřel.

"Je příjemné přijít na místo, kde je všechno pořád stejné," řekl E-Z.

"Měla bych sem někdy brzy přivést Sama a dvojčata. Rád bych podpořil místní podniky a pro Jacka a Jill je to dobrý příklad." "Ahoj," řekl.

"Určitě. Na tohle místo mám jen dobré vzpomínky," řekl E-Z. "Ale jednoho dne se chystám vyrazit do světa a objednat si něco jiného. Musím jít svým bratrancům dobrým příkladem, ne?" "Ano," řekl.

Sam se zasmál a pak se napil kávy. O chvíli později přišla Emily a znovu naplnila šálek. "Jako by měla oči vzadu v hlavě."

E-Z se zasmál. V hlavě se mu vznášelo jisté téma, které chtěl probrat: Fúrie. Zároveň se ale nechtěl hned pouštět do těžké konverzace.

"Takže... Moje žena bude mít plný dům hostů, které bude muset nakrmit, až všichni vstanou."

"Sobo jí pomůže."

"To je pravda, ale myslím, že bychom toho neměli využívat. Chtěl bych, abychom si to mohli zopakovat, jestli mi rozumíš?"

"Určitě. Takže se do toho pustíme."

Sam znovu otevřel svůj laptop. Tentokrát ho zapnul a napsal do vyhledávače:

Jak porazit Furii.

E-Z přikývl, když před něj položil svůj koktejl. Okamžitě se pokusil usrknout trochu svého hustého koktejlu, ale byl příliš hustý na to, aby se do něj brčkem něco dostalo - což bylo přesně tak, jak to měl rád. "Něco užitečného?"

"Píše se tu, že Erinyes - neboli Fúrie - lze usmířit pouze rituální očistou."

"Co to znamená?"

"Myslím, že to znamená, že bys musel vykonat nějaký skutek - na jejich žádost, jako odčinění."

"Neznamená pokání totéž co odčinění? To se mi nelíbí," řekl E-Z. "Neudělali jsme nic, za co bychom se jim měli odčinit."

"Může to také znamenat Vykoupení. Odplatu. Odčinění. Restituce."

"Čtyři R, to je chytlavé, ale znovu se ptám, za co jim to budeme splácet?

"Přemýšlej nad tím," řekl Sam. "Co kdybys udělal něco, čím bys je povzbudil, aby si udělali výlet a nechali děti a lovce duší být?"

E-Z se zasmál. "Kdyby to šlo, bylo by to perfektní. A taky příliš snadné."

Sam se poškrábal na hlavě. "Tady se píše, že Fúrie trestaly muže a ženy za zločiny po smrti i za jejich života. Což teď dělají - děti, ne dospělí. To jsem nevěděl."

"Co nechápu, je proč. Proč se teď vrátily? Co se změnilo..."

"To jsou všechno výborné otázky, na které nedokážu odpovědět," řekl Sam. "Ale, oh, tady je něco zajímavého. Píše se tu, že jako bohyně osudu zabránily člověku, aby se dozvěděl něco o budoucnosti."

"Jak přesně?"

"To se tam nepíše," řekl Sam, právě když Emily znovu přišla osvěžit jeho šálek kávy. "Jen něco málo," řekl. Bál se, že kdyby si dal další kávu, odplul by domů.

"Snídaně bude za chvilku," řekla. "Doufám, že máš hlad!"

"Určitě ano," řekl E-Z, když se znovu pokusil vypít svůj hustý koktejl a trochu se mu podařilo dostat ho brčkem nahoru.

Emily se usmála a pak šla pozdravit nové zákazníky.

"Před tímhle vším," řekl Sam, "jsem o Furiích nikdy neslyšel. Tady se píše, že v řecké i římské mytologii to byli duchové spravedlnosti a pomsty. Jejich druhé jméno Erinyes znamená rozhněvané." Sjel dolů. "Vidím pár zmínek v herním světě. Žádný z přívlastků, které se k jejich popisu používají, není v rozporu s tím, co už víme, tedy že Fúrie jsou zlé zlovolné bytosti, které nemají slitování."

"Kéž by se s námi vrátili PJ a Arden. Vsadím se, že se svými znalostmi kouzelnické hry by věděli, co dělat. Od té doby, co jsme o ně přišli, si vyčítám, že jsme ztratili kontakt. A to všechno jen proto, že jsem se až příliš zahleděla do sebe a do toho, že jsem superhrdinka. Ti kluci mi vážně chybí."

"Oni by nechtěli, aby sis kopl. A taky mi chybí, když je vidím."

Emily položila jídlo na stůl: "Dobrou chuť!" řekla.

E-Z a Sam jedli hltavě a chvíli nemluvili. Po spoustě zvuků vychutnávání jídla se vrátili k rozhovoru.

"Zrovna jsem přemýšlela o plánu - porazit je uvnitř hry. Určitě to znělo dobře - nebo jsme si to mysleli, dokud nám Rafael neřekl něco jiného. Je ale dobře, že nám to řekla na rovinu, jinak... no, nechci ani pomyslet na to, co by se mohlo stát některému z dětí."

"Stejně si pořád říkám, že Fúrie musí mít Achillovu patu. Pamatuješ si na ten příběh?"

"Ano, vzpomínám. Jestli mají nějaké slabé místo, tak nevím jaké. Víme, že jsou smrtelné jako my. Pokud mohou zemřít, stejně jako my, pak jsou to alespoň rovné podmínky."

"Zaměřme se trochu víc na jejich slabiny: hněv, zášť, pomstychtivost."

"To jsou tytéž věci, za které trestají ostatní, tak jak to mohou být jejich slabiny?" "Ne, to nejsou. Zeptal se E-Z a nacpal si do úst plnou vidličku palačinek. "Tak dobře."

"To určitě jsou." Sam přikývl. Znovu se napil kávy. "To je pravda, což znamená, že bychom proti nim mohli použít stejné věci, za které trestají ostatní."

"Ale jak?"

"To nevím - zatím."

"Možná budeme potřebovat víc než jedno takové společné sezení, abychom si věci vyjasnili," řekl E-Z. Na stůl před něj položil druhý talíř plný palačinek.

"Ann mi právě volala a řekla mi, abych ti přinesla druhou várku palačinek," řekla Emily.

"Díky. A vyřiď Ann, že doufám, že se bude brzy cítit lépe."

"To udělám. Ještě kávu?"

Sam přikývl, a tak mu dolila šálek. Když Emily odešla, řekl: "Hned jsem zpátky," a odešel do koupelny.

E-Z k němu otočil obrazovku a napsal:

JAK ZABIJU FÚRIE?

Vyskočilo několik odpovědí, ale všechny se týkaly toho, jak porazit tři bohyně jako postavy v rámci herního světa.

Sam se vrátil. "Našel jsi něco?"

"Nic užitečného. I když se tam píše, že kořeny Fúrií možná sahají až do pravěku." "Cože?" zeptal se.

"No, Babyho rodokmen také sahá dost daleko do minulosti."

"Měl jsi vidět, jak rychle zhltl tu ohnivou kouli! Bez vteřiny zaváhání."

Když dojedli, poděkovali Emily a rozjeli se domů. Byli tak plní, že si mysleli, že už se nikdy nenají.

"Určitě bylo příjemné strávit s vámi dopoledne," řekl E-Z. "Připadalo mi to jako za starých časů."

"To určitě. Brzy si to zopakujeme. Do té doby budeme víc přemýšlet o tom, co jsme se dnes naučili, protože jak říká staré přísloví - kde je vůle, tam je cesta."

"Pravda, pravda, strýčku Same. Pravda, pravda."

KAPITOLA 12

V DOMĚ

Když se vrátili do domu, Sam svou ženu nejprve objal. Byla ráda, že ho vidí, ale měla plné ruce práce s přípravou snídaně.

"Jsem ráda, že ti chutnalo," hlesla Samantha.

"Můžu ti nějak pomoct?" Zeptal se Sam, když zhodnotil situaci s dvojčaty.

"Všechno zvládneme," řekla Samantha, když za ní dvojčata vydala nářek.

Hlavně proto, že Haruto na chvíli přestal hrát svou verzi hon no piku, což v překladu znamená šmírování. V Harutově verzi se zatvářil, pak se hodně rychle roztočil, až zmizel, pak se zase objevil a dvojčata se rozchechtala.

"To je velmi kreativní!" Sam řekl, když Lachie převzal zábavnou roli.

Lachie se hned pustil do několika zvířecích imitací a od dvojčat sklidil nadšené ohlasy, když se rozesmál jako kookaburra:

Kuka-ka-ka-kaa-kaa-KAA!-KAA!-KAA!

Pak přišla řada na Charlese, který pobavil svým příběhem nazvaným Tři balvany.

"Iwa?" Haruto řekl, což v překladu znamená balvany.

"Ano," řekl Charles, když E-Z a Sam ustoupili ke dveřím, aby si příběh také poslechli, zatímco Alfred, Sobo, Brandy, Lia a Samantha pokračovali v přípravě jídla.

"Kdysi dávno," začal Charles, "byl jeden kopec vysoko nad Lamanšským průlivem. Na něm bylo mnoho, mnoho balvanů. Vlastně jich bylo příliš mnoho na to, abychom je spočítali.

"Toho dne se na kopec vyvalil velký a těžký náklaďák, který při jízdě skřípal a skřípal ozubenými koly. Když dorazil na vrchol, nasadil zvedák balvanů, který se potýkal s váhou každého kusu kamene. Během několika hodin se mu podařilo nasbírat co nejvíce kamenů. Dokud nebyla zadní část náklaďáku plná. Ne však přeplněný. Přeplnění znamenalo, že by se balvany při jízdě z náklaďáku skutálely, čemuž bylo třeba se za každou cenu vyhnout.

"Náklaďák sjel z kopce. Vyprázdnil balvany do jiného většího náklaďáku. Náklaďáku, který byl příliš velký na to, aby vůbec vyjel do kopce, a neměl na sobě zvedací mechanismus. Když byl menší náklaďák opět prázdný, vyjel zpátky do kopce. Brzy byl opět plný balvanů.

"Tento proces se opakoval několikrát, až byl větší náklaďák plný až po samý vrchol. Všechny zbývající balvany bylo třeba převézt v menším nákladním autě. Nyní, když byly oba náklaďáky plné, byla těžká práce hotová. Nastal tedy čas oběda. Muži snědli své sendviče a vypili termosky plné horkého sladkého čaje.

"Zpátky nahoře na vrcholu útesu zůstaly jen tři osamělé balvany. Byli smutní, protože ztratili své přátele a cítili se odmítnutí, nechtění, nepotřební a docela naštvaní zároveň. Pocit příliš mnoha emocí najednou může být matoucí, ale sdílení pocitů s přáteli může pomoci, a tak tři balvany diskutovaly o své situaci."

"Co dělají všichni naši přátelé?" zeptal se první balvan, jehož jméno bylo Rocky.

"Nevím," řekl druhý balvan, jehož jméno bylo Pebbles. "Možná, že tam, kam jdou, také potřebují přátele. Určitě mi budou chybět."

"Ne," řekl třetí balvan, který byl starší a moudřejší a jmenoval se Craggy. "Neberou je pryč, aby se podívali do světa. Ani aby se s nimi přátelili. Copak nevíš, že nás drtí, abychom jim dělali cesty."

"Ne!" Rocky a Pebbles vykřikli. "Nemůžou naše kamarády rozmačkat na kaši!"

"Kéž by mě vzali taky," řekl Craggy. "Jsem už moc starý na to, abych tady pořád seděl v tomhle nepříznivém počasí. Drsný vítr mi proráží svrchní vrstvu a nevadilo by mi strávit budoucnost jako silnice. Alespoň bych pak měl nějaký cíl."

"Účel?" Rocky vykřikl. "Tomu, že tě každý den a každou noc drtí auta a přejíždějí tě, říkáš účel?"

"Je to lepší, než kdybychom tu seděli navždy jen my tři. Už mě unavuje ten vítr, déšť a všechno ostatní," řekl Craggy.

"No, jestli máš takový zájem," řekl Kamínek, "tak se stačí skutálet z okraje. Spadneš rovnou na zadní část náklaďáku dole a odletíš s ostatními našimi kamarády."

"To je moc daleko," řekl Rocky a přikutálel se o kousek blíž k okraji. "Opravdu nás chceš opustit, až tak moc? Nemůžeš si najít nějaký cíl, když zůstaneš tady s námi? Potřebujeme tě. Jsi starší a moudřejší."

Craggy se přiblížil k okraji a nahlédl přes okraj. Byla to pravda, náklaďák byl přímo tam. Stékalo po něm několik krůpějí potu. Buď to byly krůpěje potu, nebo slzy.

"Je to strašně dlouhá cesta dolů," řekl Craggy. "A nebylo by ode mě správné nechat vás dva mladé samotné."

Pebbles řekl: "A co kdybyste minuli náklaďák a rozbili se tam dole na kousky! My bychom byli tady nahoře s tímhle nádherným výhledem a vy byste byli dole úplně sami."

"Kromě toho," řekl Rocky, "by se pro nás mohli jednoho dne vrátit. Zatím si můžeme povídat a kochat se výhledem a čerstvým vzduchem."

Pod nimi se znovu rozjel náklaďák.

CHUGGA CHUGGA VROOM, VROOM.

"Teď, nebo nikdy," řekl Craggy, když se náklaďák rozjel.

"Aspoň jsme spolu," řekl Rocky.

"Tři balvany se tísnily rameno na rameni. Otočili se zády k větru, dýchali čerstvý vzduch a dívali se na nádherný výhled na slunce zapadající na obzoru.

"Poučení z příběhu je," začal Charles.

To byla poslední slova, která E-Z slyšel, než se znovu ocitl v tom zatraceném silu.

KAPITOLA 13

SILO

"VÍTEJ ZPÁTKY!" ŘEKL HLAS ve stěně s rozjařeností, která způsobila, že se E-Zova ramena napjala, jako by mu na nich někdo stál. Zdráhal se odpovědět, a tak pokrčil rameny nejprve dopředu a pak dozadu v naději, že se mu podaří napětí zmírnit.

"DOT. DOT," ozval se druhý hlas ve stěně, ale tentokrát byl hlas tišší, téměř šepot.

Otevřel ústa, aby odpověděl, ale nic ho nenapadlo, a tak zůstal potichu, kromě luskání prstů, které, jak doufal, uvolní jeho napjaté tělo.

První hlas se konejšivějším tónem zeptal: "Vidím, že se cítíš napjatý, ustaraný. Mohu ti nabídnout něco, čím by sis mohl ukrátit čas během čekání? Nějaký nápoj? Knihu? Nějakou cestu v mysli?"

Na hlas ve zdi byla velmi vnímavá, což mu pomohlo trochu se uvolnit, nicméně nechtěl její nabídku přijmout, protože netušil, co by cesta myslí obnášela.

"Vidím, že váháš..."

Posadil se na židli rovně a vysoko a zabubnoval prsty na područky, jako by se pohupoval při písni Smoke on the Water od Deep Purple. S otcem ji kdysi duelovali na zastaralé verzi Guitar Hero a měli z toho radost. Když si teď na ten okamžik vzpomněl, měl pocit, že je jeho otec v silu s ním.

"Jsi si jistý, že nechceš cestu v mysli?" zeptala se žena ve stěně znovu. "Budeš se mít skvěle!"

Výbuch. To slovo právě použil v duchu, aby popsal Guitar Hero-ing se svým otcem. Žena ve zdi mu bezpochyby četla myšlenky.

"Ehm, co to přesně je?" zeptal se. "Neříkám, že to chci zkusit, ne dokud nebudu vědět víc o tom, co to obnáší."

"Proč, je to místo, kam tě můžu poslat. Zvláštní místo, kde můžeš žít svůj sen."

Znělo to neuvěřitelně... a než stačil odpovědět...

DUH DUH DUH,

DUH DUH DUH DUH

DUH DUH DUH

DUH DUH.

Byl na pódiu, hrál na sólovou kytaru s kapelou, ve které okamžitě poznal původní Deep Purple.

Zpěvák, který kapelu opustil, ale hrál na původní kytaru ve Smoke in the Water, nevypadal, že by mu vadilo, že E-Z teď hraje jeho part, a taky to nedělal špatně. Zpěvák mu ukázal palec nahoru a pak přešel přes pódium k místu, kde E-Z seděl na vozíku. Společně zahráli několik riffů, zatímco publikum křičelo, jásalo a tleskalo. Vzápětí si uvědomil, že je zase zpátky v silu, ale napjatý pocit, který zažíval předtím, byl teď úplně pryč.

"Děkuji vám! Uh, to bylo zatraceně fantastické! Ani nevíte, jak moc to pro mě znamenalo. Nikdy na to nezapomenu. Nikdy!" Zaváhal a pomyslel si, že jediné, co by to vylepšilo, by bylo, kdyby tam na pódiu byl s ním jeho otec.

"Promiň, že jsem nemohl zahrnout tvého otce... ale to byla jen ukázka. A nemáš zač. A teď se pohodlně usaďte. Čekání trvá jednu minutu."

"Myslím, že skutečná věc by mi pak vyrazila dech!" E-Z si zaklonil hlavu a znovu si prožil zážitek, už se cítil tak naprosto uvolněný, že by si klidně mohl zdřímnout.

PFFT.

Vůně byla tentokrát jiná, mátová a ještě něco, co nedokázal přesně pojmenovat.

"To je rozmarýn," ozval se hlas ve stěně.

"Docela osvěžující." Měl zavřené oči a v duchu se nechal unášet, když střecha nad jeho hlavou zívla. Zatřásl hlavou a otevřel oči v přípravě na to, co mělo přijít.

Do kovové nádoby se zabodávaly paprsky světla, které se odrážely a odrážely od stěny ke stěně. Zakryl si oči, aby je ochránil před znepokojivou světelnou show. Když odrážející se světlo skončilo, otevřenou střechou se dovnitř vřítila postava. Jaký to byl vstup. Byl to Rafael.

"Ehm, ahoj," řekl. "To byl ale vstup."

"Byl jsem povýšen," přiznal archanděl, "a to vyžaduje jistou dávku rozkvětu. V tomto případě možná trochu přehnaný, ale je to poměrně nové povýšení. Všechna povýšení mají svou křivku učení."

"Gratuluji k povýšení."

"Děkuji, a teď přejděme k tomu, proč jste tady."

"Jistě."

E-Z trpělivě čekala, až Rafael znovu promluví, ale nějakou dobu se tak nedělo. Místo toho poletovala kolem jako pták, který si poprvé zkouší křídla. Předváděla se snad? Pokud ano, proč? Pak si toho všiml, měla na očích zbrusu nové brýle. Byly větší, výraznějšího vzhledu, s většími obroučkami a silnějšími skly, takže vypadala jako ženská verze pana McGoo.

"Ehm, pěkné brýle," zalhal.

"Nebyly mou první volbou," přiznal Rafael, "ale budou muset stačit." "A co ty?" zeptala se. Přistoupila blíž k místu, kde seděl, a zavěsila se do něj. "Zdá se." Zastavila se a rozpačitě sebou trhla.

SKIDOO

Přišla židle, na kterou se na chvíli posadila.

SKIDOO

A byla pryč. Znovu se zavěsila. Položila si otevřenou dlaň na bok obličeje. "Bylo nám sděleno několik věcí. Nemyslím to v královském slova smyslu, myslím to jako u všech archandělů."

"Jako například?"

Znovu se zavrtěla.

"Mám požádat stěnu, aby ti nastříkala levanduli na uvolnění? Vypadáš dost napjatě."

Vzápětí mu vmetla do tváře a vyjekla: "LAVENDER NA ARCHANDĚLY NEPŮSOBÍ! Je to odporný, lidský..." Zhluboka se nadechla. "Je mi to moc líto."

"To je v pořádku. Chápu, že mi chceš říct špatné zprávy. Je lepší strhnout náplast. Co tím myslím, řekni mi to na rovinu."

"Tak dobře. Tady to je."

E-Z se naklonil blíž: "Dobře, střílej."

Z reproduktorů ve stěně hrála písnička, něco o zastřelení šerifa.

"Přestaň!" Nejdřív si pobrukoval. E-Z přikázal. "A řekni mi, proč jsem tady."

"Chce jít rovnou k věci," řekla si Rafaela. "No tak tady to je. Přejdu rovnou k věci."

"Dobře, to udělej ty." E-Z si přál, aby to udělala.

"Stručně řečeno," řekla, "Eriel byl přistižen při činu - hrál za obě strany."

"Hrála co?" Pak se mu něco v hlavě zašprajcovalo. "Ne, snad nechceš říct, že nás zradil?" "Ne," řekl.

Poklepala si kostnatým prstem na bradu, zatímco E-Z otevíral a zavíral ústa jako mník z vody.

"Ano, Eriel byl osobně zodpovědný za smrt tvé přítelkyně Rosalie. Byl také zodpovědný za zničení Bílého pokoje. To všechno on. Všechno Eriel."

E-Z to všechno vstřebal. Chudák Rosalie. "Počkej, nepracoval náhodou pro tebe? Chci říct, neměla jsi ho na starosti ty? Jak se to mohlo stát, když jsi to hlídala? Něco jsem o archandělech četla, ale zradit děti, které ti dobrovolně pomáhají, to je nejnižší úroveň, kam můžeš klesnout. Myslím, že leopardi nemění své skvrny."

"Já jsem Eriel neměla na starosti. Byli jsme s ním spolupracovníci, kamarádi. Pracovali jsme spolu a myslím, že jsme se navzájem respektovali. Mýlil jsem se."

"A přesto tě povýšili."

"Byl jsem, ale ty dvě věci spolu přímo nesouvisely. Můžu ti jen říct, že Eriel byl kdysi jedním z nás, teď už není. Poté, co zradil nás i tebe. Poté, co se otočil zády ke svým zásadám - ke všemu, co zastáváme -, je mimo hru. Myslím tím natrvalo."

E-Z zalapal po dechu. "Chceš mi říct, že nás Eriel odhalil? Tím myslím sebe a svůj tým?"

"Michael, který je naším vůdcem, Eriela vyslýchal. Dalo to práci, než ho přiměl mluvit. Ale přiznal se, že přivedl Fúrie zpět na Zemi. Že je využil k tomu, aby posunul své postavení. Žádné vykoupení. Pro Eriela není odpuštění."

"Nemám slov. Jak se to mohlo stát?"

"Jak?" "No, kdybychom věděli jak, pak bychom věděli proč - což nevíme. Víme jen to, že je to Eriel a Eriel vždycky dělá to, co je pro něj nejlepší. Věděli jsme, že má problémy, a přesto jsme mu stále dávali příležitosti, aby se osvědčil - a když nás zklamal -

odpustili jsme mu a dali mu další šanci a další šanci. Stále jsme v něj věřili, až do teď. Skončil. Skončil."

"Skončil? Myslíš mrtvý? Copak archandělé umírají? A proč jsi mu dával tolik šancí? Copak neznáš přísloví: "Třikrát a dost, a jsi venku?"

"Ano, tuhle baseballovou terminologii jsem slyšel, ale jsme archandělé a od každého z nás se očekává, že selže, nebo že se na nějaké úrovni vrátí. A s tím incidentem v rajské zahradě máš pravdu. Naše historie sahá daleko do minulosti... ale mysleli jsme si, že se nám daří lépe, že se zlepšujeme. Já sám jsem patronem mladých lidí, jako jste vy a vaši přátelé.

"Proto jsem navrhl, abychom s vámi spolupracovali na porážce těch strašlivých Furií. Vždyť to byl Eriel, kdo mě k tomu vybídl. To on tě objevil. Kdo za tebou poslal Hadze a Reiki. Až do příchodu těch strašných sester jsme vám všem do života přidávali něco pozitivního... Dávali jsme vám smysl. Vzpomínáte si na chvíle, kdy jste to chtěli vzdát? Neudělali jste to, protože jsme vám pomohli jít dál."

"Dobře, chápu, že Eriel je padouch. Co to znamená pro mě a můj tým? Podle toho, kde sedím, byla naše mise ohrožena. Takže jsme ze hry a myslím, že byste měli přejít k plánu B."

"Problém je v tom," řekl Rafael a pak se zarazil, protože strop nad ním se znovu otevřel a Ophaniel přiletěla bez jakéhokoli rozkvětu, když se snášela dolů k nim.

"Dlouho jsme se neviděli," řekla Ophaniel směrem k E-Z. Pak se obrátila k Rafaelovi: "Je v pořádku?"

"Ano, je. A jsem určitě rád, že jsi tady, protože chce vědět, jaký je náš plán B."

Ophaniel přikývl. "Dobrá tedy. Abych to řekl co nejjasněji, nemáme plán B ani C ani D - protože ty a tvůj tým jste byli všechny naše plány v jednom."

E-Z nevěřícně zavrtěl hlavou. "Copak jste vy archandělé neslyšeli frázi, že nemáte dávat všechna vejce do jednoho košíku?"

Ofaniel se zasmál. "Ano, její původ je od Cervantesovy postavy Dona Quijota, ale mně to nikdy nedávalo smysl. Možná proto, že my archandělé vejce nejíme. Při pouhém pomyšlení na jejich rosolovitou žluklost - fuj - se mi chce zvracet."

"Mně taky," řekla Rafaela a zakryla si ústa hřbetem ruky. "Kromě toho, že vypadají nechutně, proč by člověk vůbec dával vejce do košíku? Proč ne do misky? Když už připravuješ vajíčka..."

"Souhlasím," řekl Ophaniel. "Viděla jsem Jamieho Olivera vařit omeletu. Nejdřív používá mísu, pak je teprve vaří." "A co?" zeptal se.

"Ach, bratře, a já nemůžu uvěřit, že vy archandělé sledujete nějakou televizi, natož Jamieho Olivera." Zavrtěl hlavou. "To znamená, že když dáš všechna vajíčka na jedno místo - třeba do košíku nebo do mísy nebo na pánev, nebo jak chceš -, tak když ten košík nebo mísu nebo pánev upustíš - tak se všechna vajíčka rozbijí a zkazí skořápkami - takže nebudeš mít k snídani žádná vajíčka."

"Ale copak slepice nesnášejí vejce každý den? Takže když nedostaneš vajíčka dnes, prostě přijdeš zítra," řekl Ophaniel.

"Co je to jeden den bez vajec?" Rafael se zeptal.

E-Z otevřel ruku a plácl se s ní do hlavy. "Argghh!" Archandělé se na něj podívali a čekali, zatímco se velmi zhluboka nadechl a pak velmi hlasitě vydechl. "Co uděláme s touhle Erielovou situací?" zeptal se.

"Nejprve," řekl Ofaniel, "se k vám dnes na vaše zvláštní přání vracejí, buben - vaši dva přátelé..."

POP

POP

Přišli Hadz a Reiki, nebo to, co se podobalo dvěma rádoby andělům. Byli od hlavy až k patě zčernalí od sazí. Jejich okvětní lístky byly pokřivené, potrhané, některé otevřené a vzhůru, jiné mrtvé a uschlé. Křídla měli svěšená, jako by zapomněli létat nebo už k tomu neměli vůli, a jejich tváře, výraz v jejich tvářích byl výrazem krajního zoufalství.

"Co se jim stalo?" zeptal se.

Ofaniel přistoupil blíž k oběma vysíleným rádoby andělům a ti se zavrtěli.

"Už jste v bezpečí," řekl Rafael jemným mateřským hlasem, což způsobilo, že propukli ve vzlyky, které se změnily v nářek.

Ofaniela si zacpala uši, pak se přiblížila k E-Z a zašeptala. "Eriel je nechal uvěznit. Tentokrát nám nějakou dobu trvalo, než jsme je našli. Chudinky si nemohly pomoci, protože je zbavil jejich schopností." "Cože?" zeptala se.

"Chudáci," řekl E-Z.

E-Z, Ofaniel a Rafael se otočili k těm tvorům. Hadz a Reiki se pokusili o úsměv. Ani se k němu nepřiblížili.

Ti dva sebou mrskali, jako by se bránili hejnu supů.

"Buďte v klidu," řekl Ofaniel.

Hadz a Reiki se přestali hýbat. Teď seděli jako dvojice špinavých panenek s očima upřenýma na nic a na nikoho. Byli jen stínem svého dřívějšího já.

"Nechci být nezdvořilý," zašeptal E-Z, "ale v jejich současném stavu nám moc nepomohou. Tedy pokud nás dokážeš přesvědčit, abychom za těchto okolností pokračovali v tomto plánu."

E-Zova slova zasáhla oba rádoby anděly jako facka.

POP

POP

"Jaká to hrubost a zbytečná krutost!" Ophaniel jí vynadal, než zmizela.

ZAP

"Ukázal jsi nám velmi krutou stránku své povahy, E-Z Dickensi, a kdyby tu byla tvá matka a otec, styděli by se za tebe."

"Promiň," řekl E-Z, "ale nikdy mi nemluv o mých rodičích. Vám archandělům jsou zapovězeni. Rozumíš?"

Rafael přikývl.

"Kromě toho jsem nechtěl ranit jejich city. Samozřejmě je můžeme využít. Pokud budeme muset bojovat s Fúrie, budeme potřebovat veškerou pomoc, kterou můžeme dostat. Vraťte se, prosím, Hadz a Reiki. Dejte mi ještě jednu šanci."

Nic.

E-Z to zkusil znovu. "Vraťte se a budete velmi vítanými členy našeho týmu."

POP

POP

Dvojice teď byla čistá a upravená jako dřív.

"Vítejte zpátky," řekl E-Z.

Hadz a Reiki k němu přilétli. Každý si sedl na jedno z jeho ramen. Bezděčně se zachvěli, vyděšení z vlastních stínů.

"To bude v pořádku," řekl. "Budeme vám krýt záda, když jste teď členem našeho týmu."

Pokusili se o úsměv a on jejich snahu ocenil.

"Takže," řekl E-Z, "co přesně o nás Eriel Furiím řekl?" "Nevím," odpověděli.

"Řekl jim, že posíláme děti, aby je porazily - to je všechno."

"Tohle ti řekl? Jak můžeme vědět, že nelže? A jak se dozvíme, co je cílem Furií?" "Nevím.

"Myslíme si, že víme, že konečnou hrou Furií a Eriela bylo ovládnutí Země. Chtěly zasáhnout ZEMSKOU PAUZU a proměnit ji v Nový Hádes, tedy peklo na Zemi. Kde by mohly vládnout tím, že by vytvořily tým duší, které by jim byly vydány na milost a nemilost.

Ano, nechali by duše volně se potulovat, ale jakmile by jednou získaly svobodu - musely by se jí vzdát."

"Proč by souhlasili, že se jí vzdají?" zeptal se.

"Protože lidé, dokonce ani lidské duše nedokážou zpracovat pojem svobody. Místo toho dávají přednost tomu, aby byli omezováni. Nedostatek svobody je pro lidi bezpečnostní přikrývkou."

"To je lež," řekl E-Z. "To mě tak rozčiluje! My lidé si dokážeme svobody vážit. Milujeme přírodu, to, že můžeme dýchat vzduch, sdílet své myšlenky a pocity s ostatními, vážit si světa a všeho, co v něm máme."

"Zlobíš se natolik, abys bojoval za svou svobodu a za svobodu ostatních?" Ophaniel se zeptal.

E-Z si ani nevšiml, že se vrátila.

"Ano," řekl. "Ale řekni mi, že v tomhle jejich novém světě by si vybrali jen duše, které by mohli ovládat. Co by se stalo s těmi ostatními?"

"Vznášely by se navěky, bez domova," řekl Rafael. "V tom jejich novém světě by byl posmrtný život eliminován. Země by byla navždy ve stavu pauzy. Duše by zůstávaly v tělech, která by už nebyla živá, ani mrtvá. Žádné srdce by už netlouklo. Už žádná láska ani děti, které by se narodily. Žádné duše, které by se povznesly - už nikdy - nikdy."

E-Z zůstal zticha, přemýšlel a všechno si to uvědomoval.

Hlas ve stěně se zeptal: "Chce se někdo občerstvit?"

"Ne, děkuji," řekl, ale byl rád za vyrušení, protože ho vrátilo do přítomnosti. "Chápu, k čemu Eriel Fúrie používala. Faktem zůstává, že je archanděl jako ty a věděl jsi, že má problémy, přesto jsi mu dával šanci za šancí, i když si to nezasloužil. Takže teď by mě zajímalo, proč bychom my, já a můj tým, měli napravovat to, co jeden z tvých vlastních archandělů pokazil?" "Ne," odpověděl jsem.

"Protože..." Rafael začal.

"Ještě jsem neskončil," řekl E-Z. "Předtím, když jste s Erielem navštívili můj dům, když se setkal s mou rodinou a ostatními členy týmu, jsme si mysleli, že je na naší straně. Viděl, kde žijeme. Ví o nás všechno. Jsme kvůli němu ve velkém nebezpečí."

"To je pravda," řekl Ophaniel.

"Nepopiratelná a je nám to moc líto," řekl Rafael.

"Ať je Eriel odvolá. On tuhle šlamastyku vytvořil a měl by ji napravit." Narazil sevřenými pěstmi na područky židle, což způsobilo, že Hadz a Reiki nadskočili a zavrávorali. Pohladil rádoby anděly po hlavě. "To je v pořádku, omlouvám se, že jsem vás rozrušil."

"Bravo!" Hadz zajásal.

"Hurá!" Reiki zavolal.

Rafael a Ofaniel svorně řekli: "Eriel je uvězněna hluboko v útrobách země. Je na místě, kam by se žádný člověk neměl odvážit vstoupit. Zkrátka se k němu nelze dostat."

"Ale my jsme z dolů kdysi utekli," řekla Reiki.

"Dvakrát," řekl Hadz.

"Není v dolech, je na jiném místě, dál dole, ne tak hluboko jako v požárech, ale na jiném místě, kde je taková zima, že se všechno mění v led, dokonce i krev proudící v žilách. Místo, kde by žádný člověk nepřežil!

"Eriel je tam také bezmocný, protože jeho zbavili moci. Je pod zámkem, nikoho nevidí. Nic neslyší. Nikdy ho z toho místa nepustí - NIKDY."

"Chci s ním mluvit," řekl E-Z. "Potřebuju mu položit otázky - otázky, na které může odpovědět jen on sám."

Rafael a Ofaniel vykřikli: "To nemůžeš! Nesmíš!"

"Pak stahuji podporu svého týmu. Vraťte mě prosím do mého domova. Haruto a ostatní se mohou vrátit ke svým rodinám." Přestal mluvit, když se mu v mysli mihl PJ a Arden. Kdyby nic neudělal, uvízli by v kómatu, možná navždy.

Vzpomněl si na všechny ty chvíle, kdy mu pomáhali. Na jeho první den, kdy se vrátil do školy na vozíku. Na chvíli, kdy ho znovu uvedli do hraní baseballu - nechali ho na hřišti přivítat všemi kluky z týmu. Na to, jak mu pomohli všechno zvládnout, když mu zemřeli rodiče. Po tváři mu stekla slza. Setřel si ji.

"Vezměte si ho!" zahřměl hlas ve zdi.

Pak se náhle velmi, velmi ochladilo. Tak chladný, že si představil, že opravdu cítí, jak se mu krev v žilách mění v led.

KAPITOLA 14

NA LEDĚ

Úplně sám. Tak moc sama. A tak chladná, tak velmi chladná. Jako by byl uvnitř vydlabané kostky ledu. Když se nadechl, led mu naplnil plíce.

Došel až na okraj. Nadechl se do něj. Zamlžil se. Nebyla to kostka ledu, byla to skleněná kostka. A byla tam rukojeť. Vypadalo to, že je vyrobená z medaile. V obavě, že se mu na ni přilepí kůže, použil košili a otevřel ji.

To, co bylo uvnitř, byla sbírka teplých dek, peřin, svetrů, čepic, rukavic - prostě všeho. Sáhl dovnitř a navrstvil se.

Když si zastrčil ruce do kardiganu, v mysli se mu vybavily vzpomínky na dobu, kdy měl podobný svetr na sobě jeho otec na lyžařském zájezdu. Byl zelený jako tenhle a zvenku na dotek škrábal, ale uvnitř hřál jako toast. Když si ho přitáhl k sobě a zapnul vepředu, naplnila mu chřípí dubová vůně otcovy oblíbené vody na holení. cítil v něm otcovu vodu na holení. Zmocnil se ho silný pocit déjà vu, když strčil prsty do páru černých sametových rukavic - rukavic, o kterých přísahal, že patřily jeho otci. Nemohly však být, protože vše bylo zničeno při požáru. Ovinul si ruce kolem těla a snažil se zahřát. Usoudil, že jeho tělo a mysl ovládl chlad.

Odsunul několik dalších předmětů a na dně krabice objevil deku, kterou okamžitě poznal. Ručně pletenou, kterou jeho matka noc co noc pletla na pohovce, a když byla hotová, zaujala své místo - na opěradle kožené pohovky. Na filmové večery a na zakrytí očí, kdyby se stalo něco děsivého.

Sundal si rukavice a dotkl se jí, aby se přesvědčil, zda je pravá, a pak si ji otřel o tvář. Květinová vůně matčina parfému k němu dolehla, uklidnila ho. Po tváři mu stekla slza, když si znovu nasadil rukavice, a pak si omotal matčinu deku kolem otcova svetru. Nosil deku jako kapuci a vnímal okolí.

Nad jeho hlavou, ale dolů mířícími ostrými hroty byly krápníky z ledu všech velikostí a tvarů. Kdyby jeden z nich spadl, prorazily by mu vršek lebky a pokračovaly by jím až k prstům na nohou. Přál si, aby měl stavební čepici -

BINGO

A na hlavě se mu objevil žlutý tvrdý klobouk, pak další a další a další. Připadal si jako Zvědavý George a usmál se. Teď byl připraven na všechno.

Hledal dveře a postupoval podél stěn krychle. Žádná klika nebyla vidět. Do jakého vězení ho to uvrhli?

Nakonec našel hrany, uprostřed pravé stěny. Sundal si rukavici a nehtem poškrábal povrch něčeho, o čem brzy zjistil, že je to okno. To, co uviděl, mu na úzkosti nepřidalo. Jeho kostka byla jednou z mnoha táhnoucích se podél tunelu, kam až oko dohlédlo. Za prosklenými okny vlastních kójí nebylo vidět žádné obyvatele.

Dýchl na sklo a napsal na něj slovo "POMOC!" napsané pozpátku pro případ, že by ho někdo viděl. Pak ho rychle smazal a vzpomněl si, za kým přišel: Eriel.

E-Z se přesunul podél přední části krychle na vzdálenější stranu a opět našel rám, o němž si byl jistý, že je to okno. Seškrábal povrch a brzy našel toho, koho hledal: zrádce.

Kdysi mocný archanděl vypadal žalostně, jako by ho někdo píchl špendlíkem a vypustil z něj všechen vzduch. Jeho tělo bylo připoutáno ke zdi. E-Z si nejprve myslel, že ho na místě drží gravitace nebo nějaká neviditelná síla, ale pak si při bližším pohledu uvědomil, že celé Erielovo tělo je obsaženo v tlustém bloku ledu. Erielova kostka byla vytvarována podle jeho těla, proto ledová voda vyplňovala každý kout jeho postavy a on na rozdíl od E-Z neměl přístup k přikrývkám.

CLANK. CLANK. CLANK.

E-Z natáhl krk doleva, když zaslechl zvuk ozývajících se kroků. Cítil, že se ta věc blíží, ale neviděl ji.

CLANK. CLANK. CLANK.

E-Z zavrtěl hlavou. Musel se soustředit, zůstat v přítomnosti, a přesto zažíval další podivný pocit déjà vu.

V mysli mu zalétl sen, který se mu před časem zdál o narozeninové oslavě s PJ a Ardenem. V tom snu přišla postava v kápi a vydávala podobný zvuk. Ten sen byl o hledání ztracené baseballové čepice.

Když se zvuk stal ohlušujícím, zahlédl postavu, která byla bojovníkem větším než život s křídly velkými jako dva vzrostlé javory. V jedné ruce nesl archanděl zlatý štít a v druhé meč. E-Z si zaclonil oči, když světlo dopadlo na trup meče.

KLANK. CLANK. CLANK.

Archandělský bojovník se zastavil před Erielem, který nezvedl oči, aby se setkal s pohledem nově příchozího.

Dokud se nezastavil, E-Z si nevšiml archandělových obrovských křídel, která byla během jeho chůze v klidu. Nyní se válečník zvedl, takže jeho a Erielovy tváře byly na stejné úrovni.

"Máš návštěvu," řekl.

Erielovy oči zůstaly sklopené.

"Tvé oči mě neklamou," řekl válečník. "Zahanbila ses. Zahanbila jsi nás všechny - a přesto nelituješ a nekáješ se. Promluv ke mně. Řekni mi, proč bych ti měl vůbec dovolit, abys měl návštěvu."

Eriel se dál díval na podlahu, zatímco něco neslyšně mumlal.

"Mluvte nahlas!" dožadoval se bojovník.

"Já se kaji!" Eriel vyhrkl. "Lituji, že jsem selhal..."

"Mlč!" žádal válečník.

KLANK. CLANK. CLANK.

Válečník teď stál na druhé straně skla, tváří v tvář E-Z.

"Já jsem Michael," řekl.

"Ahoj, já jsem E-Z." Hlas toho muže znal. Byl to on, kdo nařídil Rafaelovi a Ofanielovi, aby ho nechali mluvit s Eriel.

"Vstaňte," řekl Michael.

"Nemůžu chodit," řekl.

"Můžeš, když ti to řeknu," prozradil Michael, "a já to říkám. Vstaň, E-Z Dickensi!"

E-Z si připadal jako jeden z těch, kteří se připravují na uzdravení při televizní bohoslužbě. Neochotně se zvedl ze židle. Nohy se mu trochu kymácely, většinou ze strachu než z nedůvěry. Michael byl přece nejmocnější archanděl. O několik vteřin později stál E-Z vysoko uvnitř ledové stěny.

"Chtěl jsi mluvit s, s tou věcí, s tou padlou věcí támhle na stěně. Nepomůže ti, protože je prohnilý až do morku kostí. A přesto by ti MĚL pomoci. MĚL by pomoci nám všem, aby se zachránil před proměnou v ledovou sochu - trvalou součást tohoto místa."

S každým vyřčeným slovem se E-Z díky Michaelovu hlasu cítil silnější a sebevědomější.

Eriel zvedl oči.

E-Z v nich na vteřinu něco zahlédl. Byla to porážka? Byly to výčitky svědomí?

Eriel zavřel oči, když jeho tělo ochablo v ledovém vězení, které ho drželo.

"Myslím, že omdlel," řekl E-Z.

KLANK. CLANK. CLANK.

Michael se vrátil, aby se na své ledové vězení podíval zblízka. Z vršku jeho boty vyklouzl had a začal se plazit k Erielově tváři. Ta věc se plížila vzhůru, vzhůru, s rozeklaným jazykem, který se pohyboval sem a tam, jako by toužil po krvi.

Michael řekl: "Tělo mého přítele si razí cestu k tvému obličeji, Eriel. Neotevřeš oči a nepozdravíš?"

"Ne," odpověděla.

Eriel skutečně otevřel oči a když uviděl hada, jak si razí cestu vzhůru jeho tělem, vydal ze sebe výkřik.

"GARUUUUUUUUUUUUUMMMMMMM!"

Michael luskl prsty a had se přestal pohybovat. Michael nehtem seškrábl led. V něm se Erielovo tělo rozvibrovalo. Jako by ho zasáhl elektrický proud.

"MMMMM,hhhhh,MMMMMMM!"

"Přestaň!" E-Z vykřikl a zakryl si uši. "Prosím!"

Michael přestal šramotit. Zvedl ruku a had se ovinul kolem něj a proklouzl zpátky do jeho boty.

"Tenhle chlapec ti prokazuje milosrdenství, Eriel. Je to víc, než si zasloužíš."

Eriel dál zoufale sténal.

Michael pokračoval a otočil se k E-Z: "Dám ti pět minut, abys Erielovi položil všechny otázky, které bys mohl mít."

Pak k Erielovi: "Můžeme tě donutit, abys s ním mluvil, ale byl bych raději, kdyby ses mu rozhodl pomoci z vlastní vůle. Kdysi dávno ses rozhodl zachránit život tohoto mladého chlapce. On na oplátku splatil svůj dluh. Teď jsi nás zradil a musíš si znovu získat naši důvěru." "To je pravda," řekl jsem.

Michael zvedl nohu a kopl do ledové konstrukce, v níž byl Eriel uzavřen. Ta se otřásla, ale nepraskla ani se neroztříštila.

"Hnusíš se mi! Čekáš, že tenhle lidský chlapec napraví tvé chyby. Že vlastně napraví vaše chyby. Přesto ti chce dát šanci odpovědět na jeho otázky. Tak mu pomoz. Tohle je tvá jediná šance, jediná příležitost dokázat nám, že v sobě stále máš něco, co stojí za záchranu. Nějakou část tebe, která ještě nezplesnivěla až do morku kostí."

Eriel zvedl oči: "Pane." Znovu je sklopil.

"Může ti být odpuštěno, ale pokud se rozhodneš mu nepomoci - tvůj nedostatek spolupráce bude náležitě zaznamenán."

Erielovy oči zůstaly upřené na podlahu.

"Rozumíš?" Michael se zeptal. Když Eriel neodpověděl, Michaelův hlas zahřměl: "ROZUMÍŠ?"

E-Zovi se zdálo, že se led všude kolem něj otřásá a chvěje už při zvuku Michaelova hlasu, a byl znovu vděčný za všechny přilby, které chránily jeho lebku. Doufal, že budou stačit, jinak by byl na tomto místě navždy pohřben s Eriel a Michaelem a už nikdy by neviděl strýčka Sama ani své přátele.

Eriel přikývl.

"Pět minut," řekl Michael.

KLANK. CLANK. CLANK.

A byl pryč.

On a Eriel zůstali sami.

E-Z se přiblížil k Eriel a zeptal se: "Jak můžeme porazit Fúrie?"

Eriel otevřel ústa, aby promluvil, ale neřekl nic. Zavřel oči.

"Prosím," prosil E-Z. "Prosím, pomoz nám."

KLANK. CLANK. CLANK.

Michael už byl zpátky. Nemohlo to být ani pět minut - ještě ne. Od Eriela se nedozvěděl nic, vůbec nic.

Eriel se zaťatými zuby a drkotavě zašeptal tři slova: "Použij Rafaelovy brýle."

"Cože?" E-Z zařval a bušil pěstmi do ledové stěny. "Jak?"

Vzápětí se znovu ocitl ve dveřích kuchyně. Už na sobě neměl oblečení svých rodičů, ale kombinace vůní otcovy vody na holení a matčina parfému se táhla. Objal se a poslouchal, jak Charles vysvětluje morální ponaučení svého příběhu.

"Poučení z mého příběhu," řekl Charles, "je, že všechno je lepší, když máš přátele, se kterými se o to můžeš podělit."

"Aha," řekl E-Z, když Samantha oznámila, že se podává snídaně.

"Seřaďte se tady. Vezměte si talíř, ubrousek a příbor. Posložte si," řekla. "Je to švédský stůl."

Sobo řekl: "Sumogasubodo!" Harutovi, který zapištěl radostí.

"Udělala jsem sushi," řekla Samantha. "Bylo to poprvé."

Sobo přikývl: "Děkuju, ale příště ti pomůžu já."

Samantha přikývla: "To by bylo skvělé."

E-Z si posunul židli dopředu.

Strýček Sam šeptem kráčel vedle něj: "Kam jsi šel? Vždyť jsi tam byl a tvoje židle tam byla, ale ty jsi byl taky někde jinde, ne?"

"Ehm, ano, vysvětlím ti to později. Potřebuju čas, abych zpracoval všechno, co se stalo. Dej mi pár minut. A mimochodem, díky."

"Za co?" Sam se zeptal.

"Za snídani, bylo to jako za starých časů. Zábava."

"Určitě si to brzy zopakujeme."

"Určitě," řekl a zamířil do svého pokoje.

KAPITOLA 15

DOMOV SLADKÝ DOMOV

Teď, když byli úplně sami, bylo dobré vědět, že Eriel už pro ně nepředstavuje fyzickou hrozbu. Díky Michaelovi byl sice neschopný, ale až poté, co všechny zradil.

Eriel zašel příliš daleko, ale proč? Proč by zrazoval svůj vlastní druh? Dobře věděl, že Michael je mocnější než on. Nedávalo to smysl.

POP.

POP.

"Vítej doma!" řekl.

Hadz a Reiki přistáli před ním na posteli: "Děkuju, E-Z. Vždycky se k nám chováš laskavě."

"Je mi líto, že se k tobě Eriel chovala tak hrozně. Je dobře, že je teď zavřený. Zaslouží si to."

"Co si o nich myslíš?" Hadz se zeptal.

"Nejsem si jistá, co tím myslíš."

"Poslali jsme bednu."

"Aha, možná to nefungovalo," řekla Reiki.

"To jste byli vy?" E-Zovi se zaleskly oči.

"Jsem rád, že to v pořádku dorazilo," řekl Hadz, když se dvojici rádoby andělů roztáhl úsměv po tváři takovým způsobem, že se zdálo, že zbytek jejich rysů se zmenšil.

"Moc vám děkuji. Myslela jsem, že všechno, co patřilo mým rodičům, bylo zničeno při požáru." Zhluboka se nadechl a bojoval se slzami. "Jen bych si přál, abych si to mohl vzít s sebou. I když to hodně znamenalo, mít to jen pro..."

ZAP.

"Stačilo říct jen slovo. Jsou přece tvoje," řekli.

Byla tam, na konci jeho postele. Bedna jeho rodičů, neboli to, čemu říkali krabice na deky. Byly v ní poklady, kterými se jako dítě prohrabával. A teď byly jeho. Hmatatelná truhla plná vzpomínek na jeho rodiče.

"Ale jak?" zeptal se.

"Pár věcí se nám podařilo zachránit tím, že jsme si odskočili, když dům hořel," řekl Hadz.

"Rozhodli jsme se, že je pro tebe schováme, dokud nebudeš připravený je dostat zpátky. Doufáme, že jsme to načasovali správně."

Jako ve snách se přesunul k truhle a otevřel víko. Jako objetí ho přivítal závan otcovy pižmově-dřevité vody po holení smíšený s matčiným sladce-citronovým parfémem. Opatrně, aby to všechno najednou neuniklo, víko opatrně zavřel.

"Nemůžu vám dvěma dostatečně poděkovat. Nikdy vám nebudu schopen poděkovat. Všechno proberu, až jindy. Ještě jednou vám oběma moc děkuji." Natáhl ruce a oba rádoby andělé do nich vlétli.

"Začíná být příliš soptící," řekl Hadz.

"Už ti to někdo říkal; potřebuješ ostříhat?" Reiki se zeptal.

E-Z si prstem prohrábl vlasy a poplácal prostřední část, která mu kvůli pobytu v mrazivých útrobách země stála jako štětiny v kartáči. "Je to lepší?"

"Trochu," řekl Hadz.

"Dobře, musím se soustředit. Za chvíli sem přijdou ostatní, aby se dozvěděli, jak to vypadá s Erielem. Musím jim říct o Michaelovi. Myslíš, že na ně udělám dojem, že jsem ho potkala?"

"Nezáleží na tom, jestli jsou ohromeni," řekl Hadz. "Důležité je, jestli ti Eriel řekl něco, co by stálo za to."

"Ano, ale pořád se snažím přijít na to, co tím chtěl říct."

"Pověz nám to, třeba tu záhadu vyřešíme!"

"Co tím kdo myslel?" Alfréd se zeptal, když strčil zobák do místnosti.

"Pojď dál," řekl E-Z.

Alfréd přiklusal dovnitř. Bylo období pelichání a za ním se třepotalo několik per. "Ahoj Hadz, ahoj Reiki."

"Ahoj," odpověděli.

"Dlouhý příběh, ale abych přešel rovnou k věci, byl jsem přivolán zpět do sila, kde mě Rafael a Ofaniel zasvětili do situace ohledně Eriela. Pracoval na všech stranách. Předstíral, že je spojencem nás, archandělů i Furií. Neboj se, jeho zrada byla odhalena a on byl zajat a uvězněn. Je pod dohledem hlavního archanděla Michaela, který mi dovolil s Erielem krátce promluvit." "Cože?" zeptal jsem se.

"A co Eriel řekl?" Alfred se zeptal.

"Měl jsem čas položit mu jen jednu otázku. Tak jsem se ho zeptal, jak můžeme porazit Fúrie. Proto jsem přišel sem, abych si promyslel, co mi řekl." "Cože?" zeptal jsem se.

"Aha, takže jsi chtěl být sám?" Alfred se zeptal. "Pojďte, Hadz a Reiki, dopřejeme éčku trochu klidu." Přesunul se ke dveřím, ale oni zůstali stát na místě.

"Vyřešený problém je společný problém," zpívali si.

"To je pravda. A to bylo poučení z Charlesova příběhu."

"Dobře, pojďte sem." Odmlčel se a pak řekl: "Eriel říkal, že bychom měli použít Rafaelovy brýle."

"Jasně, to je všechno?" Alfréd řekl. "Už chápu, proč si nejsi jistý, co tím myslel. Je to velmi nejasné."

"Já vím. A taky neřekl, jak je použít."

Hadz se naklonil a něco Reikimu pošeptal.

POP.

POP

A byly pryč.

"Možná začni od začátku. Řekni mi přesně, co ti Eriel řekl."

"To už jsem udělala. Říkal, že máš použít Rafaelovy brýle. To bylo všechno. Michael nás měl na časomíře. Nejdřív jsem si myslela, že Eriel neřekne ani slovo. Řekl ta tři slova a čas vypršel. Další věc, kterou si pamatuji, je, že jsem zase tady."

Alfred se rozkročil a všiml si krabice s přikrývkou na konci postele. "Tak co je tohle?"

"Patřila mým rodičům," řekl E-Z a bojoval se vzlyky. "Hadz a Reiki ji zachránili před požárem. Právě mi řekli, že ji zachránili kvůli mně - dokonce tím riskovali svůj život."

"To bylo od nich tak," rozplakal se, "ohleduplné. Už jsi to zažila?"

"Ne, ale projdu."

"Jaký byl Michael?"

"Při chůzi hodně mlaskal. Připomnělo mi to sen, který jsem měl o PJ, Ardenovi a gilotině."

"Aha, vzpomínám si, jak jsi nám o tom snu vyprávěla. Byl stejně děsivý jako ten kat?"

"Michael byl hodně rozzlobený, a to právem. Eriel ho zradil, všichni archandělé i my. Co ale nechápu, bylo, co by mohlo stát za takový risk?" "To nechápu.

"Moc - někteří lidé by udělali cokoli, aby ji získali. Ale my musíme přijít na to, jak můžeme Rafaelovy brýle použít k zastavení plánu, který Eriel a Fúrie uvedli do pohybu." "Cože?" zeptal se.

E-Z si je sundal z obličeje. Když je měl na očích, krev v obroučkách nepulzovala a nepohybovala se, jako když je měl na očích Rafael. Na něm byly jako každé jiné brýle.

"Přikaž těm brýlím, aby něco udělaly," navrhl Alfréd.

"Brýle zmizí," přikázal E-Z.

Upustil je a ony dopadly na podlahu.

E-Z si povzdechl. Dvě hlavy v tomto případě rozhodně nebyly lepší než jedna. Zasmál se.

"Bylo fajn vidět Hadze a Reikiho zpátky. Zůstanou tady? Myslím, aby nám pomohli?"

"Jsou, ale v poslední době toho hodně prožili a možná trpí posttraumatickou stresovou poruchou - to je posttraumatická stresová porucha."

"Ano, já vím. Co se stalo?"

"Stalo se to Erielovi, to je to. Podle toho, co slyším, rozsévá na Zemi a všude jinde chaos a spoušť." "Cože?" zeptal jsem se. E-Z se odmlčel. "Co kdybych použil brýle, abych změnil svou podobu?"

"A udělat co?"

"Kdybych dokázal změnit svou podobu, mohl bych navštívit Fúrie jako Eriel."

"To by fungovalo, jen kdyby nevěděli, že ho chytili," řekl Alfréd.

"Jo, ale kdyby to nevěděli. Pomysli na škody, které bych mohl napáchat. Mohl bych tam jít. Mysleli by si, že jsem na jejich straně. A já bych se mohl obrátit proti nim. BUM, mohl bych je vyřadit z provozu!"

POP.

POP.

"To by bylo příliš nebezpečné!" Hadz vyjekl.

"Příliš nebezpečné!" Reiki se přidala.

"Kromě toho máme jiný nápad."

"Řekni nám to," řekl E-Z.

"Znovu vytvořili Bílý pokoj, tak jsme se tam vrátili, abychom se podívali, jestli tam nejsou nějaké knihy o Rafaelových brýlích."

"A?" "Byla tam nějaká kniha?"

"Ne," řekl Hadz.

"Ale našli jsme tohle," řekl Reiki.

Byla to malá brožurka, velká asi jako konec E-Zova ukazováčku. Na hřbetu stálo: Rafaelova první kniha Henochova.

Hadz a Reiki listovali stránkami, protože kniha měla ideální velikost, aby ji mohli držet pohromadě.

"Tady se píše," četl Hadz nahlas, "že Rafaelovým úkolem bylo uzdravit zemi, kterou poskvrnili padlí andělé." "To je pravda," řekl Hadz.

"Pamatuješ, jak Rafael říkal, že ji mohu vzývat, jen když se blíží konec? Možná mi brýle odhalí svou moc, až když je to také potřeba."

"Přesně tak," souhlasili Hadz a Reiki.

"Myslím, že potřebujeme brainstorming s ostatními, ale tvůj nápad změnit svůj vzhled na Erielův je dobrý," řekl Alfréd. "Jen bychom museli vymyslet, jak tě při tom podpořit - abys byla v bezpečí."

"To je špatný nápad," řekl Hadz.

"Velmi špatný nápad!" Reiki se přidal.

"Jak to?" Alfréd se zeptal.

"Zaprvé, nevíš, co Fúrie vědí."

"Nebo neví."

"Za druhé, mohla by to být past."

"Past, kterou nastražili Eriel a Fúrie."

"Zatřetí, a to je nejdůležitější ze všeho."

"Eriel se Michaela bojí."

Shodně řekli: "Rafaelovy brýle musí být klíčem ke všemu. Eriel hledá odpuštění a vykoupení u Michaela a ostatních archandělů. Je to jeho jediná naděje. Ty jsi jeho jediná naděje. Proto věříme, že ti řekl pravdu."

"Ale co když Fúrie o Erielově - situaci nevědí? Zatímco oni jsou v nevědomosti, my tu máme výhodu," řekl Alfréd.

"Souhlasím," řekl E-Z.

Lia strčila hlavu do místnosti a za ní i zbytek party. "Co se děje?" zeptala se.

"Pojď dál a já ti to vysvětlím. A zavři za sebou dveře."

"To zní pochybně," řekla Lia. Všimla si Hadze a Reikiho a zamávala jim. Pak za nimi zavřela dveře a zamkla je.

KAPITOLA 16

CO DÁL

"POSAĎTE SE, UDĚLEJTE SI pohodlí," řekl, když se všichni nahrnuli na jeho postel. "Nejprve těm, kteří se s nimi ještě nesetkali - tohle je Hadz a tohle je Reiki. Jsou to přátelé a rádoby andělé. Byli jmenováni, aby nám pomáhali."

Haruto se uklonil a Lachie řekl: "Dobrý 'den!" "Dobrý den," odpověděla Lachie. Charles a Brandy si s nimi potřásli rukou.

Poté, co byli všichni formálně představeni, se tým posadil podél postele. E-Z si pomyslel, že vypadají jako cestující čekající na autobus.

"Jsme tu všichni, abychom porazili Furii. Ale je tu několik aktuálních informací, které musíme vzít v úvahu. Než se pohneme kupředu."

"Co tím myslíš?" Lia se zeptala. "Naznačuješ, že bychom se mohli odhlásit?"

E-Z si odkašlal.

"Nejlepší bude, když mě necháte, abych vám všechno řekl, a pak se můžete ptát. Asi jsem měl začít tímhle. Ale já sám ještě všechno zpracovávám." Zaváhal. "Chci tím říct, že mi tu dejte trochu volnosti, protože je to složitá situace a ještě složitější je ji vysvětlit."

Všichni přikývli, a tak pokračoval.

"Eriel byla vzata do vazby archanděly. Zradil je a zradil i nás. Už pro nás nepředstavuje hrozbu, ale ohrozil naše poslání. Problém je, že nevíme jak moc. Ale víme víc o jeho záměrech - získat kontrolu nad Zemí jakýmikoliv prostředky. Jít kvůli tomu proti archandělům, to bylo jisté riziko - i když měl na své straně Fúrie."

Slyšitelné zalapání po dechu, které se ozvalo od všech, ho přimělo na okamžik nebo dva se odmlčet, než pokračoval.

"Archandělé se k němu otočili zády. Setkal jsem se s Michaelem, který archanděly vede, a ten byl Erielem znechucený. A Eriel z něj měl hrůzu."

Ozvalo se další slyšitelné zalapání po dechu.

"Naším plánem A bylo uvěznit Furii v herním prostředí. Eriel o tomto plánu věděl. Vlastně nás povzbuzoval, abychom v něm pokračovali. Takže musíme přejít k plánu B. Už jen to, že o plánu A věděl, nám stačí k tomu, abychom ho zavrhli."

Další zalapání po dechu a "Ale ne!"

"Takže plán B. Vím, že vás napadá samozřejmá věc: tj. že nemáme plán B. No, neměli jsme. Ale teď už máme. Šokovalo by vás, kdybyste věděli, že náš plán B vzešel z úst našeho zrádce?" "Ano," odpověděl jsem.

Všichni přikývli.

"Jak už jsem řekl, setkal jsem se s Michaelem. Byl to on, kdo Erielovi navrhl, že mu může být udělena shovívavost, pokud a pouze pokud nám pomůže.

"Michael nám dal dohromady jen pět minut. A po většinu té doby Eriel nic neřekl. Pak, právě když se chystal vypršet, řekl tři slova: "Použij Rafaelovy brýle" - a to bylo vše. Někdy později jsem si vzpomněla, že Rafael řekl, že Charles by mohl být naší tajnou zbraní, takže s brýlemi bychom mohli mít dvě zbraně, o kterých nemají tušení."

Charles zalapal po dechu.

E-Z uznal Charlese kývnutím hlavy.

"Ale než to zúžíme a uděláme nějaký brainstorming, musíme se na to podívat z širšího pohledu a rozhodnout se, jestli je tohle náš boj. Jestli je to něco, do čeho se ještě chceme jako tým zapojit.

"Díky Eriel jsem dnes naživu. Zachránil mě a pak řekl, že jsem jemu a ostatním archandělům něco dlužná. Abych tento dluh splatil, absolvoval jsem několik zkoušek. Přišli Alfred a Lia a společně jsme vytvořili Trojici. A pak jsme se na jejich žádost rozešli.

"Založili jsme si vlastní superhrdinské webové stránky a pomáhali jsme lidem. Dokud nás archandělé nepožádali o pomoc při porážce pirátů z Lovců duší. Časem jsme se dozvěděli, co jsou zač: Fúrie, mocné a zlé řecké bohyně, které se vrátily.

"Hadz a Reiki mě vzali na průzkum, aby mi ukázali jejich sídlo v Údolí smrti. Tam jsem na vlastní oči viděla, jak se tam hromadí nádoby naplněné dušemi dětí. Později nám PJ a Ardena vzali. Jejich stav se nezměnil. A díky Rafaelovi jsme na vlastní oči viděli ty odporné bohyně při práci.

"Fúrie jsou důstojní protivníci. Kdybychom s nimi bojovali, mohli bychom zemřít. To samozřejmě nejsou nejnovější informace, ale stojí nám za to riskovat životy, když nás teď Eriel zradila?

"Když vezmeme v úvahu všechno, a hlavně to, že máme na své straně dvě tajné zbraně. I když zbraně, o kterých nevíme, jak je můžeme použít. Možná jsme v dobré situaci, abychom tento boj vyhráli. Tedy pokud budeme držet při sobě a pokud si budeme navzájem krýt záda. Pokud budeme ochotni pro vyšší dobro stále nasazovat své životy. Pro dobro Země, pro záchranu Země. Co vy na to?"

Vzápětí už všichni - kromě Alfréda - poskakovali po posteli a říkali: "Jeden za všechny a všichni za jednoho!"

E-Z zvedl ruku. "

"Všichni, kdo jsou pro boj proti Furiím, říkají: Ano."

Rozhodnutí bylo jednomyslné.

Sobo zaklepal na dveře a zeptal se: "Možná bych mohl taky pomoct."

KAPITOLA 17

ZEPTEJTE CHARLES DICKENS

BRANDY SE SLYŠITELNĚ UŠKLÍBLA a všichni v místnosti se podívali jejím směrem. Teď, když měla pozornost všech, se zeptala: "A jak ty, důchodkyně, pomůžeš našemu týmu superhrdinských dětí porazit tři mocné zlé bohyně?"

Místností se rozlehlo zalapání po dechu, což Haruta přimělo rychle se přesunout ke svému Sobovi. Chytil ji za ruku a přitiskl si ji k srdci.

Sobo, který se nenechal vyvést z míry Brandyinou nevědomostí, zašeptal vnukovi konejšivá slova v japonštině.

"Omluv se," žádal E-Z.

"To je v pořádku," řekl Sobo. "Má pravdu, možná nejsem superhrdina jako vy všichni, ale každý v tomhle životě má něco na rozdávání."

"Promiň, Sobo," řekla Brandy. Nezastavila se u toho. "Chtěla jsem říct..."

"Zmlkni!" Lia vykřikla. "Pojď dál, Sobo."

"Hodí se nám každá pomoc," řekl E-Z.

Charles vstal a nabídl své místo Sobovi a Harutovi.

"Děkuji," řekla Sobo a s vnukem se na několik okamžiků beze slova posadili vedle sebe.

"Cítíš se už dobře?" Haruto se zeptal.

"Ano, maličký," řekl Sobo. "I já mám superschopnost. Ta superschopnost se jmenuje proměna. Prožil jsem mnoho životů a sehrál mnoho rolí... s každým životem se naučím něco nového. Jsem otevřený učení, o tom je život. Nabízím svůj život; udělal bych cokoli, abych vás zachránil. Vás všechny."

"I mě?" Brandy se zeptala.

Sobo se zasmál. "Hlavně ty, dítě."

Brandy přešla místnost a vrhla se Sobovi kolem krku. "Děkuji ti. Ale proč zrovna já?"

Haruto se postavil a s rukama v bok zvolal: "Protože jsi blázen!"

Všichni se rozesmáli, včetně Brandy.

Sobo řekl: "Protože jsi nebojácný. Ano, být nebojácný je silná emoce, ale musíš se naučit trpělivosti. Obojí potřebuješ, abys v tomhle světě přežil. S obojím se staneš ještě větší silou, se kterou se musí počítat. Život je o změně, sebe sama zevnitř navenek, zvenčí dovnitř. Naučte se. Růst. Musíme být jako stromy, měnit se s ročními obdobími, ohýbat se podle větru."

"Tak krásné," řekl Charles.

"Ale svět je plný dobra i zla," řekl Sobo. "Musí to tak být. Jedno musí existovat, aby mohlo být i to druhé. A my, ty a já a všichni tady, musíme bojovat jen za stranu dobra. V tomto světě může být jen jeden vítěz. Ten vítěz musí být pro dobro celého lidstva."

Sobo se odmlčel. Zatímco lapala po dechu, ostatní mlčeli a čekali, až bude pokračovat.

"Proč jsem tady," pokračovala Sobo, "je to, že přináším pozdravy od Rosalie."

"Ty a Rosalie, Sobo, ale jak?" Lia se zeptala.

"Rosalie ke mně přišla ve snu. Jak jsem věděl, že je to ona? Protože mi to řekla. Sny jsou mocné jednotky. Duchové překračují světy a mísí se s námi, aby byli s námi, nebo aby nám sdělili věci, které neznáme, například varování, předtuchy. Rosalie nám chtěla pomoci bojovat, bojovat a zvítězit." "To je pravda," řekl jsem.

"Ano," řekl E-Z. "Často se mi zdá o rodičích. Někdy mi prozrazují věci nebo mi říkají věci, o kterých nemohli vědět. Ledaže by se mnou sdíleli můj život."

"Ano, láska je mocný cit, který nemá hranice. Ti, které miluješ, tě budou hledat, najdou tě, pomohou ti i v těch nejtemnějších chvílích."

"Je," zeptala se Lia, "šťastná?" "Ano," odpověděla.

Sobo se usmál. "Štěstí není všechno. Jen ti řeknu, že je sama sebou. To je vše, co opravdu potřebuješ vědět. A jako ona sama, jako nádoba, která také bojuje jen na straně dobra, věří ve vás, pane Charlesi Dickensi. Vy jste naše síla."

"Já?" Charles se zeptal.

"Ano, Charlesi. Vezměte nás do knihovny. Do knihovny v oblacích."

"O té jsem nikdy neslyšel. Nemůžu vás tam vzít. Musela si mě splést s někým z ostatních."

"Jakou knihovnou?" Brandy se zeptala.

"A proč je v oblacích?" Lia se zeptala.

"Byl jsem tam," řekl Sobo. "Je velmi stará a je chráněná... vědí to jen ti, kteří to vědí."

"Já mezi ně nepatřím," řekl Charles.

"Potřebuješ jen trochu pomoci," řekl Sobo. "Dej mu Rafaelovy brýle a on pak bude, bude vědět."

"Počkej chvilku," řekl E-Z. "Jak ses tam dostal?"

"Ty mi nevěříš?" Sobo se usmál. "Rosalie mě tam vzala ve snu... je to duch... a vedla mě jako snový chodec."

"Jsi si jistý, že to nebyla vzpomínka na Bílý pokoj, o kterou se s tebou podělila?"

"Určitě ne. Jak to vím?" Sobo se zeptal. "Protože Rosalie mi řekla, že se už nikdy nechce vrátit na místo, kde ji zavraždily ty zlé sestry."

"To dává smysl, a přece něco, co Rafael řekl o tom, že nikdy nepředá brýle - nikomu -, ve mně vzbuzuje obavy, abych nešel proti jejímu přání."

"Co když Rosalie nepatří k těm, kteří o tom vědí?" Sobo se zeptal. "Máme se snad vzdát příležitosti zvýšit naše šance na porážku Furií tím, že odmítneme nejnovější informace od Rosalie, důvěrné přítelkyně a důvěrnice?"

"Nejdřív mi řekni," řekl E-Z, "jaké to bylo?" "Jaké to bylo?" zeptal se.

Sobo zavřel oči. "Představ si dobu, kdy sis pustil horkou vodu jen ve sprše nebo ve vaně, bez větráku a bez otevřeného okna. Odešla jsi z místnosti, aby sis něco vzala, a zavřela jsi dveře. Když jste je později otevřeli, místnost byla plná páry, a když jste vešli, nic jste neviděli - zpočátku. Ale vaše oči se přizpůsobily a pak jste viděli všechno. Stejné to bylo i u mě, když jsem poprvé vstoupil do Mrakové knihovny."

Otevřela oči. "Představ si vnitřek mraku, kde existovaly knihy. Každá napsaná, vydaná kniha, všechno tam bylo před tebou. K dispozici ke čtení, k pořízení, k učení. Přesně tak to vypadalo v Knihovně v oblacích. A my všichni se tam teď máme jít podívat na vlastní oči. Dnes."

"Zní to kouzelně," řekl Charles. "Chci tam jít. Chci vás tam všechny vzít."

"Zní to příliš dobře, než aby to byla pravda," řekla Brandy.

Sobo se usmál.

E-Z zaváhal, než sundal brýle a podal je Charlesovi.

"E-Z," řekl Sobo, "Rosalie mi řekla, že výjimkou z Rafaelova pravidla je Charles. Pamatuješ? A byla to ona, kdo prozradil, že Charles je naše tajná zbraň."

E-Z přikývl a podal brýle Charlesovi.

Charles si je bez váhání nasadil. Když si je zastrčil za uši, barvy na obroučkách pulzovaly všemi známými barvami. Všechny barvy kromě červené. Když se brýle ustálily na odstínu zelené trávy, Charlesův krk se zkroutil vlevo vpravo vlevo vpravo vlevo. Narovnal se a zadíval se před sebe.

"Jsem připraven," řekl. "Držte se za ruce, ať jsme všichni spojeni, a já vás tam odvedu."

"Počkejte na nás!" Hadz a Reiki vykřikli, když skočili E'Zovi na ramena a drželi se jako o život. O chvíli později nikdo nikam nešel.

KAPITOLA 18

CO SE POKAZILO?

"Nechápu to," řekl Charles. "Viděl jsem to ve své mysli. Možná potřebuju instrukce nebo nějaká kouzelná slova. Řekla ti Rosalie něco speciálního, co mám udělat, kromě toho, že mám Sobovi nasadit brýle?" Charles se zeptal.

Sobo zavrtěla hlavou. "Zkus něco jiného."

"Vezmi nás do Oblačné místnosti!" dožadoval se.

Tentokrát se jako skupina všichni rozhoupali, jako by někdo otevřel okno.

"Zavřete oči," řekl Charles. "Všichni připraveni?" Všichni přikývli. Zavřel oči, když se skupina superhrdinů plus Sobo roztříštila.

"Něco mi připadá, jiné," řekl Lachie a otevřel oči. "Cítím se jinak."

E-Z se také cítil divně, když otevřel oči. Hadz a Reiki teď chrápali. Zdálo se, že je zvláštní čas, aby si zdřímli. A co ještě bylo jiné? Rafaelovy brýle byly bez barvy. Proč? Nikdy předtím se to nestalo. A co ještě? Alfréd - kde sakra byl Alfréd?

"Alfred? Kde jsi?"

Lia se rozplakala.

"Proč pláčeš?" Zeptal se E-Z.

"Protože nic nevidím, ani rukama. Už ne."

"Charlesi. Ty brýle," řekla Brandy.

"A co ty?" Sundal si je.

Zakryli si uši, protože Sobo zaklonila hlavu a naříkala jako banshee, dokud její křik nepřehlušila tichá orchestrální hudba a všichni neusnuli.

***

TEĎ, KDYŽ DVOJČATA SPALA, Samantha a Sam zajímalo, jak probíhá schůzka v pokoji E-Z. Když přišly, dveře byly zamčené, a když zaklepaly, nikdo neotevřel.

"To je divné," řekla Sam. "E-Z nikdy nezamyká.

"Přines klíč," řekla Samantha.

Sam měl špatný pocit, když zasouval klíč do zámku.

Sam a Samantha se dívali, jak Sobo, Brandy, Lia, Lachie, Haruto, Charles a E-Z zírají před sebe jako figuríny ve výloze.

"Sotva dýchají," řekla Sam.

"A kde je Alfred?"

"A proč má Charles na sobě Rafaelovy brýle?"

"Mám strach," řekla Samantha a vzala manžela za ruku.

"Myslím, že bychom tu neměli nic rušit," řekla Sam. "Mám pocit, že se tu děje něco, o čem nevíme."

"Je to strašidelné."

"Co to je?" Sam se zeptal a všiml si krabice na konci E-Zovy postele. "To snad není pravda! To není možné." Sehnul se a zvedl víko truhly, kterou už mnohokrát viděl v bratrově pokoji. Truhly, o které si myslel, že byla zničena při požáru. Stejně jako se to stalo s E-Z, vzpomínky vytvořené vůněmi uvnitř vyvstaly a on byl zaplaven emocemi.

"Pojďme odsud," řekla Samantha. "Venku mi můžeš o té truhle říct víc."

"Dejme tomu trochu času. Brzy se probudí a..."

"Myslím, že nemáme jinou možnost," řekla Samantha, když za sebou zavřely dveře.

KAPITOLA 19

OBLAČNÁ MÍSTNOST

CHARLES CHVÍLI STÁL A prohlížel si okolí. Přivedl je na špatné místo? On i ostatní (kteří všichni spali) byli vysoko na obloze, bez jediného mráčku v dohledu. Přistáli uprostřed plošiny ze skla. Netušil, jak se na ní drží. Všiml si, že E-Zův vozík se kutálí dopředu, a tak k němu přispěchal a vzbudil ho.

"Kde to jsme?" zeptal se a mrskl s sebou Hadze a Reikiho, kteří mu stále spali na ramenou, aby se probudili.

"Probuďte se! Vzbuď se!" Charles přikázal.

Jeden po druhém otevřeli oči, pak si uvědomili, jak vysoko jsou, přitiskli se k sobě a snažili se nehýbat. Snažili se nedívat dolů přes sklo, které jim bránilo zřítit se na zem.

"Kéž by to mělo zábradlí!" Lia vykřikla. Teď už všechno viděla, ale jedna její část si přála, aby to tak nebylo.

"Co to drží nahoře, na to nemůžu přijít," řekl Charles.

"Nikdy jsem nebyla b-velkým příznivcem výšek," řekla Brandy a chytila se nejbližší volné ruky, která patřila Charlesovi.

"Aha," řekl a ucítil, jak je její ruka studená.

"Poletím se tam podívat," řekl E-Z a odletěl, pohyboval se po plošině, která jako by vyrostla ze vzduchu, nic ji nedrželo a žádná kotva ji nedržela na místě.

Haruto se držel babičky za ruku. Probouzela se pomaleji než ostatní. Když se zdálo, že je úplně vzhůru, řekla jen: "Ale ne," řekla. Pořád dokola.

"Tohle není Mračný pokoj, kam tě Rosalie vzala, že ne?" Zeptal se Charles.

Sobo udělal krok, dva kroky, zatímco děti se k ní přitiskly. Zavřela oči, pevně je stiskla a pak je zase otevřela.

"Co to děláš?" Brandy se zeptala.

"Hledám knihy," řekla Sobo. "Jestli je tohle místo, tak by tu měly být knihy. Spousta knih. Já ale žádné nevidím. Ani jednu."

E-Z, který stále zkoumal strukturu nástupiště, se zeptal: "Připadá vám, že jsme na správném místě? Mohly by být knihy zamaskované? Může je někdo vidět?"

Všichni zavrtěli hlavou, že ne, dokonce i Hadz a Reiki, kteří až do této chvíle mezi sebou nepromluvili jediné slovo.

"Mám z tohohle místa špatný, špatný pocit," zazpívali Hadz a Reiki unisono.

Charles zaváhal, než promluvil. "Když jsem si nasadil brýle, viděl jsem v hlavě knihovnu, a to tak, jak nám ji Sobo popsal. Nebyla tam žádná skleněná plošina. Tohle místo není takové, jak jsem si ho představoval. Nejdřív jsem si myslel, že brýle udělaly chybu, ale teď, když mají Hadz a Reiki špatný pocit a Sobo taky, tak si myslím." Sobo přikývl a všiml si, že se chvěje. "Myslím, že odsud musíme vypadnout - a to rychle."

E-Z si všiml, že Alfréd chybí. "Nevíte někdo, co se Alfredovi stalo? Když jsme sem přišli, byli jsme všichni spojeni dotykem. Jak se mohl připoutat?" Teď si všiml, že Hadz a Reiki se zdají být mimo. Skoro jako by je někdo omámil, protože se jim oči klížily v hlavě a měli problém udržet se vzhůru.

"Labutě nemají prsty na dotek," zpívali oba rádoby andělé unisono. Propukli v smích a točili se dokola, dokud se jim nezamotala hlava natolik, že se neudrželi na hladině, a s PLÁCNUTÍM dopadli na skleněnou podlahu.

"Dobře, Charlesi, to mi jako důkaz stačí. Vezmi nás zase zpátky domů - hned."

Charles, který Rafaelovi sundal brýle a teď si je zase nasadil s úmyslem splnit E-Zův rozkaz, vykřikl: "Aha, tady jsou!"

"Už vidíš ty knihy?" Sobo se zeptal.

"Když jsme sem přišli poprvé, tak ne, ale teď už ano. Co mám teď dělat?"

"To nedává smysl," řekl Sobo, "proč by se před tebou maskovaly a pak odhalovaly? Rosalie se o těchto věcech nezmínila."

"Myslím, že vzduch tady nahoře ovlivňuje naše mozky," řekl E-Z. "Začínám se cítit mimo, motá se mi hlava. Měli bychom odsud vypadnout, a to co nejdřív, nebo skončíme obličejem dolů na nástupišti jako Hadz a Reiki."

Charles natáhl ruku a vletěla mu do ní kniha, kterou si zastrčil do košile. "Vezměte nás zpátky!" vykřikl. Stejně jako při prvním pokusu se nic nestalo.

"Možná se musíme chytit za ruce," řekl Sobo. "A znovu zavřít oči."

Obojí udělali a vzápětí je na plošině začaly ovívat obrovské poryvy větru. Shlukli se k sobě jako fotbalový tým před velkým zápasem a drželi se jeden druhého. Tlačili se nohama na plošinu v naději, že neodletí.

E-Z si lámal hlavu a snažil se vymyslet, jak se dostat ven. Bylo jedinou cestou využití jediné šance přivolat Rafaela, aby přišel na pomoc? Podíval se na Charlese, který jako by se ztrácel. "Charlesi!" vykřikl a pak si přes rameno všiml, že se k nim rychle blíží Baby, Malá Dorrit a Alfred.

Alfred křičel: "Musíme tě odsud dostat - hned. Tohle místo je jako maják, který tě osvětluje, aby tě viděl celý svět, včetně Furií!" "Cože?" zeptal se.

"Nevěděl jsem, že Rosalii použili jako past," vzlykl Sobo.

"Charles ty knihy viděl, a dokonce jednu dostal. Pojďme se dostat do bezpečí. Nikdo za to nemůže. Vaše úmysly byly veskrze dobré," řekl E-Z.

"Děkuju," řekla Sobo, když se začala ztrácet a mizet, stejně jako Charles. Brandy ji uchopila za ruku a pevně ji držela, dokud Sobo už nebledla.

"Pojď!" řekl Alfred.

Lachie vyskočil Baby na záda, vytáhl třesoucího se Charlese na palubu s sebou a letěli. Uvnitř jeho košile se kniha, kterou tam držel, roztáhla a dva knoflíky košile odletěly. Jednou rukou pevně držel knihu a druhou se držel Lachieho, zatímco Baby přidával na tempu.

Malá Dorrit se sklonila, aniž by se dotkla plošiny, takže ostatní mohli nastoupit, zatímco E-Z popadl Hadze a Reikiho. Vzlétli, Alfréd a E-Z letěli vedle sebe, zatímco se obloha měnila z modré na černou, z černé na modrou, na černou a objevily se hvězdy, ale nebyly to hvězdy. Byly to oční bulvy. Bubákovy vystřelující oční bulvy, podobné těm, které potkal v Údolí smrti, když se poprvé setkal s Furií.

SPLAT. SPLAT. SPLAT.

SPLAT. SPLAT. SPLAT. SPLAT.

SPLAT. SPLAT. SPLAT. SPLAT. SPL-

Charles zařval z plných plic: "DOMŮ!" A tentokrát to zabralo. Zase byli doma. V bezpečí.

Haruto objal babičku kolem ramen.

"Jsem tak rád, že jsem zase doma," řekl jeden druhému.

O chvíli později dorazily Sam a Samantha.

***

"VIDĚLI JSME VAŠE TĚLA spát ve vašem pokoji. Nevěděli jsme, co máme dělat," řekl Sam.

"To je dlouhý příběh," řekl E-Z.

Sobo se zeptal Charlese: "Podařilo se ti udržet tu knihu?" "Jistě," řekl Charles a podržel ji. Byl to velký svazek v tvrdých deskách s tlustým hřbetem, který si mohli všichni prohlédnout a přečíst -

Velká očekávání od Charlese Dickense.

"Přinesl sis jednu ze svých vlastních knih?" "Ano," odpověděl. Brandy vykřikla.

Lachie se ušklíbl.

"I..." Charles se zarazil. "Řekla jsi mi, abych si vybral jakoukoli knihu, a tuhle jsem vzal náhodně."

"Všechno má svůj důvod," řekla Lia.

"Ale tohle je vážně přitažené za vlasy," vykřikla Brandy.

"Všichni se uklidněte," řekl E-Z. "Charles udělal za daných okolností to nejlepší, co mohl - a aspoň ON si mohl ty knihy prohlédnout. To nikdo z nás nemohl."

"Velká očekávání," řekl Alfréd, "jsou grrr-žravá kniha!" Zněl jako britská verze tygra Tonyho z reklamy na cereálie.

"Má pravdu," souhlasily Sam a Samantha. "Je to jeden z nejlepších románů, jaké kdy byly napsány."

Charles sundal Rafaelovi brýle a podal je zpátky E-Z, který si je okamžitě nasadil. Zavrtěl hlavou, ale název knihy, kterou Charles stále držel v ruce, byl jiný. Přečetl nový název nahlas,

"Pole snů od W. P. Kinselly." Všichni se usmáli.

"Zkusím to," řekla Lia a natáhla se pro Rafaelovy brýle.

"Počkej!" E-Z vykřikl, když mu je Lia sundala z obličeje. "Nenasazuj si je. Nezapomeň, že Rafael říkal, že je mám nosit jenom já, ale pro Charlese jsem udělala výjimku kvůli Sobovu snu, ale myslím, že bychom je neměli předávat dál. Kromě toho už známe odpověď na otázku, kterou si všichni klademe. Je to kniha, která se stane jakýmkoli titulem, který chce čtenář vidět."

"Nebo potřebuje vidět," řekl Sobo.

"Ale já jsem nechtěl ani nepotřeboval vidět Velké naděje. Nikdy jsem o něm ani neslyšel!"

"Ale představ si," řekl Sam, "jaká by to mohla být v budoucnu knihovna. Stačí si vymyslet název knihy a voilá, držíme ji v rukou." "A co?" zeptal se Sam.

"To by ale nebylo moc dobré pro autory, myslím tím, jak by dostali zaplaceno?" Samantha se zeptala.

"Nevím, jak by to všechno fungovalo, a možná nám tu něco velkého uniká," řekl Alfred.

"Něco velkého, jako co?" E-Z se zeptal.

"Co kdyby to byla kniha, kdo by si vybral čtenáře, a ne naopak?" "To by bylo všechno."

"Doo-doo-doo-doo-doo," zazpívala Brandy, což byla hudba ze Zóny soumraku.

"Tak si to shrňme. Sobo měla sen, ve kterém jí Rosalie ukázala Knihovnu v oblacích a s Rafaelovými brýlemi nás tam Charles mohl zavést. Což také udělal, ale místo nebylo takové, jak se očekávalo. Knihy viděl jen Charles, jednu si vzal a cestou zpátky nás napadly bubákovité střílející oční bulvy podobné těm, které napadly Hadži Reikiho a mě v Údolí smrti." "To je v kostce všechno," řekla Brandy.

"Zajímalo by mě, jestli Eriel řekla Furiím o tom, že Rafael dal E-Z její brýle," zeptala se Lachie.

"To se možná nikdy nedozvíme," řekl E-Z, "protože Michael dal Eriel jen jednu šanci, aby se mnou promluvila." "To je něco, co se možná nikdy nedozvíme," řekl E-Z. Přešel k oknu a vyhlédl ven. "To by mě zajímalo," řekl.

"Čemu se divíte?" vykřikli všichni.

"Jestli Fúrie vědí o brýlích a jejich schopnostech. Jestli nás prostřednictvím Rosalie přiměli lstí navštívit Mrakoplašovu knihovnu, pak musí vědět i o Charlesovi. To znamená, že už není tajnou zbraní. Jak by to mohli vědět? A přesto, ty oční bubáky - to je příliš velká náhoda."

"Eriel ti přece řekl, abys používala brýle," řekl Alfréd.

"Viděl jsem ho, jak ho zadržují, a nebylo možné, nebylo možné, aby posílal zprávy Furiím... ne, když Michael hlídal každý jeho krok." E-Z se odvalil zpátky, kde byli ostatní. "Mimochodem, Alfréde, jak ses od nás oddělil?"

"Ztratil jsem se uvnitř černého mraku, dokud jsem nezavolal Malou Dorrit a Baby, aby mi pomohly, a zbytek už znáš."

"Bylo to tak divné," řekl Charles. "V jednu chvíli jsem neviděl knihy, sundal jsem si brýle, zase si je nasadil a byly všude. Přesto jsem byl jediný, kdo je viděl."

"Já je viděla," řekla Baby. "Tahle letěla ke mně." Hodil ji Charlesovi, který ji dvěma prsty chytil.

Byla to miniaturní knížka s malým názvem na hřbetu, který si každý přečetl nahlas:

"Všechno, co jste kdy chtěli vědět o Furiích, ale báli jste se zeptat, napsal Anonym."

"Skvělé!" Brandy vykřikla.

Shromáždili se kolem malé knížky, zatímco Charles ji pokaždé opatrně otevřel. Uvnitř byla přední strana obálky prázdná, stejně jako první stránka. Otočil na další stránku, kde byla slova, která se okamžitě začala pohybovat, přehazovat. Slova se vznášela na stránce, míchala se a přehazovala, jako by zapomněla, jaká slova a jaký jazyk mají představovat.

E-Z, který měl stále na očích Rafaelovy brýle, pocítil závrať, jak se slova přesouvala, a sundal si je.

"Zkus to ty," řekl Charlesovi a podal mu brýle.

Charles si je nasadil, rychle je zase sundal a spěchal k oknu na čerstvý vzduch. Podal je zpátky E-Zovi.

"Teď ty," řekl Sobovi, který si brýle odmítl vyzkoušet stejně jako Haruto." "A teď ty," řekl Sobo.

"Zkusím to," řekla Lia, ale brzy se připojila ke Charlesovi u okna.

"Lachie?" E-Z se zeptal.

"Jasná věc," řekl, nasadil si brýle a hned si je zase sundal. "Tak to ne," řekl a svalil se na postel.

"Nech mě to zkusit!" Brandy řekla, když jí E-Z dal brýle do ruky a ona si je přiložila na obličej. "Počkejte," řekla, "myslím, že něco vidím, je to..." a vychrlila zelenou látku, která naštěstí dopadla na zeď místo na člověka.

"Pojď s námi," řekly Sam a Samantha Brandy, "pomůžeme ti se umýt." Brandy se zvedla a šla do koupelny.

"Ehm, díky," řekl E-Z, otočil židli směrem k Alfrédovi a pak si nasadil brýle na zobák.

"Labuť nosí brýle. Směšné!" Alfréd řekl.

"Vypadáš velmi učenlivě!" Charles řekl.

"Vypadáš jako profesor Ludwig von Drake!" Brandy vykřikla.

"To byl učitel kačera Donalda," řekl Sam.

"Aha," řekli ti, kteří byli příliš mladí na to, aby o Kačerovi Donaldovi slyšeli.

"Ach jo," řekl Alfréd, když slova přestala vířit a vrátila se do podoby, v jaké je autor napsal. Přečetl první dvě stránky, pak další, další a další. Celou knihu proletěl s lehkostí rychločtenáře, a když skončil, kniha se sama zaklapla.

POOF

A byla pryč.

"No, to bylo zajímavé," řekl Alfréd, vrátil brýle E-Zovi a zabránil tomu, aby upadl.

"Chceš říct, že jsi to přečetl celé?" Sam řekl. "Ty brýle jsou pozoruhodné."

"Všechno si pamatuju, ale potřebuju ty informace zpracovat a musím si odpočinout. Nechci tady sedět a číst ti to celé. Bude lepší, když si utřídím, co jsem se dozvěděl, a pak si o tom promluvíme."

"Co když," zeptala se Brandy, "jsi přehlédl něco, co by jednomu z nás neuniklo? Nic osobního."

Alfred se zasmál. "To, že mám teď podobu labutě, neznamená, že jsem za svůj život nepřečetl mnoho a mnoho knih. Ve skutečnosti jsem v mládí navštěvoval Oxfordskou univerzitu a absolvoval ji s vyznamenáním. Studoval jsem literaturu a umění."

E-Z řekl: "Ty sis nevybral knihu - kniha si vybrala tebe. Nikdo z nás v ní nedokázal přečíst jediné slovo."

"Děkuji, že jste ve mě věřil."

Lia se zeptala: "Kolik času chceš ještě mudrovat? Můžeme se jít podívat na ten film?"

Samantha řekla: "Budu si muset udělat ještě popcorn. Druhou mísu už jsme snědli."

"Jídlo ve stresu," řekla Sam s úsměvem.

"Díky," řekl Alfred. "Vrátím se k tobě, jakmile to půjde."

"Vezmi si tolik času, kolik potřebuješ," řekl E-Z. "Až budeš připravený, přijď za námi."

Parta se odebrala do obývacího pokoje a připravila si film. Samantha udělala v mikrovlnce další popcorn. Všichni se shromáždili kolem a dívali se na film.

Alfred chvíli spal na svém obvyklém místě, ale zdály se mu sny, většinou noční můry, a nakonec se odebral na zahradu a na čerstvý vzduch. Všichni na něm byli závislí a tlak ho tížil, protože mu v hlavě vířil obsah miniaturní knížky.

KAPITOLA 20

ZPRÁVA Z FRANCIE

E-Z SLEDOVAL PRVNÍ POLOVINU filmu s ostatními a pak se rozhodl, že si dá práci. Vrazil do svého pokoje a očekával, že najde tvrdě spícího Alfréda, ale ten nikde nebyl. Znepokojeně došel k zadním dveřím a vyhlédl ven, kde uviděl labuť, jak tvrdě spí natažená na židli na trávníku. Zavřel dveře, vrátil se do svého pokoje, otevřel notebook a přihlásil se.

Několikrát se v duchu vrátil tam a zpátky a rozhodoval se, jestli se má soustředit na psaní románu, nebo jestli má tento čas věnovat dalšímu výzkumu jejich nepřátel Furií. Zvuk zprávy, která mu přišla do schránky, rozhodl za něj. Měla červené zaškrtnutí značící naléhavost, a přestože neobsahovala přílohy, nekliknul na ni. Místo toho si ji přečetl v náhledu. Nebo se ji pokusil přečíst. Zpráva byla celá v jiném jazyce. Zahlédl pár slov, která poznal jako francouzská, a tak text zkopíroval, přešel do vyhledávače a vložil následující zprávu do online překladače:

Cher E-Z Dickens,

Je m'appelle François Dubois et j'ai sept ans. J'habite à Paris, en France, et j'aimerais faire partie de votre équipe de Superhéros. Vous vous demandez peut-être quelles compétences j'apporterais à l'équipe. C'est une bonne question et je serai heureux d'y répondre. Mais je me demande si ce site est sécurisé.

Si vous souhaitez me parler davantage, vous pouvez m'envoyer un courriel directement. Mon adresse de courriel est jointe. J'ai hâte d'avoir de vos nouvelles.

Votre ami,

Francois

Stiskl tlačítko odeslat a přišel následující překlad:

Drahý E-Z Dickens,

Jmenuji se Francois Dubois a je mi sedm let. Žiji v Paříži ve Francii a rád bych se stal členem vašeho týmu superhrdinů. Možná se ptáte, jaké schopnosti bych do týmu přinesl. Je to dobrá otázka a rád na ni odpovím. Ale zajímalo by mě, jestli je tato stránka bezpečná?

Pokud byste si se mnou chtěli promluvit více, můžete mi napsat přímo. Moje e-mailová adresa je přiložena. Těším se, že se ozvete.

Váš přítel,

Francois

Zaujatě si zprávu několikrát přečetl a přemýšlel o jejím načasování. Přemýšlel, jestli není paranoidní, když si myslí, že tenhle kluk až z Francie by se mohl spiknout s Furií. I kdyby byl přehnaně opatrný, měl na to právo a jako vůdce svého týmu se musel ujistit, že dotazy, jako byl tento, jsou oprávněné. Potřeboval by pomoc strýčka Sama, aby to prověřil, ale zatím vyšle pár dotazů a uvidí, co se mu vrátí.

Napsal rychlou zprávu, aniž by ji překládal. Kluk mohl použít vyhledávač, stejně jako on, a najít překladač a po několikerém přečtení stisknout ODESLAT.

Milý Francoisi,

Děkuji ti za tvou zprávu. Jak jste se o nás dozvěděl?" S pozdravem,

E-Z.

Francoisova odpověď přišla tak rychle, že to E-Z přišlo ještě podezřelejší. Tentokrát v angličtině:

Drahý E-Z,

Děkujeme za vaši rychlou odpověď.

Můj učitel viděl vaše webové stránky a my jsme se o vás a vašem týmu učili v rámci hodiny aktuálních událostí.

Doufám, že se brzy ozvete.

Váš přítel,

Francois.

Rozhodně to znělo důvěryhodně. Napsal další zprávu a zeptal se Francoise, jaké superhrdinské schopnosti může nabídnout svému týmu, aby to s nimi mohl probrat. O chvíli později mu Francois poslal následující zprávu:

Drahý E-Z,

Děkuji ti za příležitost říct ti o svých superhrdinských schopnostech.

Za prvé, stejně jako ty jsem nebyl vždycky superhrdinou. To je něco, co máme společné. Proto jsem si myslel, že bych se do vašeho týmu hodil.

Místo toho, abych ti to vyprávěl, bych ti to rád ukázal. Přikládám soukromou pozvánku ke zhlédnutí našeho kanálu YouTube - pomohl mi s tím můj táta. Odkaz je dostupný pouze vám a platnost pozvánky ke zhlédnutí vyprší za dvacet čtyři hodin.

Těším se, že se mi ozvete, až ho uvidíte.

Váš přítel,

Francois.

Zvědavý a bez váhání E-Z kliknul na odkaz. Vyskočila na něj zpráva s žádostí o zodpovězení otázky, na kterou neměl problém odpovědět, protože se týkala baseballu.

Jakmile se dostal dovnitř, kliknul na klip, zesílil hlasitost a ten se okamžitě spustil.

První, koho spatřil, byl kluk, který se mu prostřednictvím textu, jenž byl od něj přeložený ve spodní části obrazovky, představil jako sedmiletý Francois Dubois.

Dítě bylo vysoké, velmi vysoké. Ve skutečnosti stál vedle několika měřících tyčí. Jeho otec je přiblížil, aby ukázal, že Francois ve svých sedmi letech měří už 163 centimetrů. Kromě výšky vypadal Francois jako každý jiný sedmiletý kluk, měl červenohnědé vlasy, na nose silné brýle s tmavými obroučkami, kostkovanou košili, modré džíny a černé běžky.

"Bonjour E-Z!" Francois se rozzářil úsměvem, který odhalil, že mu chybí dva přední zuby.

E-Z úsměv opětoval a pak sledoval, jak Francois a jeho otec diskutují o nějaké záležitosti ve francouzštině bez jakéhokoli překladu. Podle gest rukou a výrazu obličeje se zdálo, že jejich diskuse je vášnivá. Doufal, že se Francois nepokusí o něco nebezpečného.

E-Z sledoval, jak Francois pokračuje v chůzi k nejznámější dominantě Paříže ve Francii - Eiffelově věži. Cedule venku ukazovala, že cena za vstup je pro osoby ve věku 12-24 let 5 eur. Francois zavřel oči a pak je zase otevřel. Počkejte chvíli. Něco se změnilo, možná to bylo osvětlení.

Dál se díval, jak se Francois postavil vedle jiné cedule, na které stálo:

Světová výstava v Paříži, 15. května 1889.

"PÁNI!" E-Z vykřikl a snažil se pochopit, čeho byl právě svědkem. Cestování časem?

Francois zavřel oči a byl zpátky vedle původní cedule 12-24 let 5 eur.

Kamera se rozostřila. Podél dolní části obrazovky se objevila slova: "Moment, prosím." Všichni se na ni podívali.

Kamera se s cvaknutím znovu rozjela, ale tentokrát stál Francois vedle pařížské katedrály Notre-Dame de

Paris. Od velkého požáru v roce 2019 se přestavovala a lešení a jeřáby pilně pracovaly.

Stejně jako předtím Francois zavřel oči a pak je znovu otevřel.

"V žádném případě!" E-Z vykřikl.

Francois byl v roce 1163 právě v den, kdy byl položen první kámen pro velkou katedrálu Notre Dame.

E-Z stiskl pauzu. Že by to byl podvrh? Samozřejmě, že mohlo. S dnešní technologií může kdokoli zfalšovat cokoli. A přesto mu něco v jeho nitru říkalo, že je to pravé. Potřeboval však druhý názor. Potřeboval strýčka Sama.

Podíval se na pozastaveného Francoise na obrazovce a E-Z kliknul na tlačítko Start. Francois zamával, když klip skončil.

E-Z kliknul a vrátil se do schránky. Stiskl tlačítko odpovědět a napsal Francoisovi následující e-mail:

Drahý Francoisi,

Děkuji, že jsi mi umožnil vidět tvou superschopnost. Musím si promluvit s týmem. Pokud se rozhodneme tě přijmout, jak brzy se k nám můžeš připojit?

Tvůj přítel,

E-Z

Chvíli počkal a znovu si přečetl svou zprávu, než stiskl tlačítko odeslat. Zvažoval, že změní slovo JESTLI na KDYŽ. Nerozhodně zvážil Francoisovu superschopnost cestovat v čase. Ten kluk by byl úžasnou posilou týmu.

Přesto si musel vyžádat druhý názor. Než o tom začal dál přemýšlet. "Máš chvilku?" napsal Samovi.

Do schránky mu naskočil nový e-mail se slovy:

AHOJ, E-Z,

Pokud mě přijmeš do týmu, můžeš pro mě přijet?

Tvůj přítel,

Francois.

To si musel trochu promyslet.

Odpověděl:

Vrátím se k vám co nejdříve.

Váš přítel,

E-Z.

"Jak je, chlapče?" Sam vstoupil do kuchyně.

"Promiň, že tě odvádím od filmu."

"Stejně už jsem usínal, takže jsem rád za rozptýlení."

"Přes naše webové stránky mi přišel e-mail od jednoho kluka z Francie, který se chtěl přidat k našemu týmu. Natočil s tátou klip, už jsem se na něj díval. Má působivé schopnosti. Podívejte se na něj a dejte mi vědět, co si o něm myslíte."

Sam zůstal po celou dobu zticha. Když skončil, požádal, aby se na něj podíval znovu.

Když skončil podruhé, E-Z se zeptal: "Co si o tom myslíš?"

"Myslím, že to, co vidíme, je působivé. Chlapec z Francie, který cestuje časem."

"Taková superschopnost by se nám v našem týmu opravdu hodila."

"Přesně tak," řekl Sam. "A právě proto je mi to podezřelé. Dopisoval sis s tím klukem?"

E-Z prolistoval, co bylo dosud řečeno.

"Jak ví, že nemáš superschopnosti celý život?" zeptal se.

"Jo, to jsem si taky myslel. Ale myslím, že je to rozumný předpoklad. Je to chytrý kluk."

"To je pravda," řekl Sam. "Nebude ti vadit, když si to tu proklikám a podívám se, co najdu?"

E-Z přikývl a Sam převzal kontrolu nad jeho laptopem. Zkontroloval IP adresu, která se zdála být legální. Neměl problém vystopovat její polohu v Paříži.

Vyhledal Francoisovo jméno a zjistil, jakou školu navštěvuje. Zjistil, že hraje basketbal. Zjistil, že je chytrý v pravopisu. Nezdálo se, že by se dostal do potíží.

Pak Sam našel úmrtní oznámení Francoisovy matky, která zemřela, když mu bylo pět let. Příčina úmrtí nebyla uvedena, ale žádalo se, aby se přispělo na pařížskou nadaci pro boj s rakovinou prsu.

"Všechno se zdálo být legální," řekl Sam.

"Přesto, jak si můžeme být jistí? Nechci zbytečně riskovat." Sam se na chvíli odmlčel.

"Jediný způsob, jak to zjistit s jistotou, je osobně vyslechnout toho kluka." Zaváhal: "Hm, ptal se, kdy si pro něj můžeš přijet. Když o tom tak přemýšlím, je to dost divný nápad na dítě, které cestuje v čase."

"Jo, takhle jsem o tom nepřemýšlel."

"Jedno je jisté, E-Z, jestli ho někdo dostane, budu to já. Jsi tu potřeba."

"Vážím si tvé nabídky, strýčku Same, ale tvůj život v nebezpečí nepřipadá v úvahu."

"Dobře," řekl Sam. "Slyšel jsi něco o Alfrédovi?" "Ano, slyšel.

Na pokyn se Alfred přikradl do kuchyně. "CO?" zeptal se.

ZAP

Přišlo malé bílé huňaté koťátko.

"Bonjour E-Z, je m'appelle Poppet. Francois m'envoie."

"Ach jo," bylo jediné, co E-Z řekl.

Vzápětí se ozval e-mail od Francoise, který zněl:

"Dorazila v pořádku?"

Strýček Sam řekl: "Tak to je odpověď na naši otázku."

E-Z napsal: "Ano, je tady."

ZAP

Poppet zmizela.

"To je tak super," napsal Francois. "Až budete připraveni, jestli mě chcete do svého týmu, zkusím to taky."

"Zatím se držte," řekl E-Z.

"Jak Poppet věděla, kde bydlíme?" Sam se zeptal.

"To nevím."

KAPITOLA 21

ROZHODNUTÍ O FRANCOISE

Druhý den svolal E-Z mimořádnou schůzku skupiny. Jakmile se všichni usadili, pustil se rovnou do práce.

"Potenciální nový člen požádal o členství v našem týmu. Se Samem jsme prozkoumali jeho žádost a všechno vypadá důvěryhodně."

"S tím souhlasím," řekl Sam.

"Francois je cestovatel časem," přikývl E-Z.

"Páni!" Lia řekla.

"Úžasné!" Lachie se přidal.

Ostatní měli podobné připomínky s výjimkou Charlese, který se zeptal: "Co je to cestovatel v čase?"

"Ty jsi!" Brandy řekla.

"Je to někdo, kdo cestuje z jednoho času do druhého," řekla Lia.

"Možná se stačí podívat na tenhle klip a lépe pochopíte, my všichni lépe pochopíme, co dokáže." Podíval se na Alfréda: "Ale než začneme mluvit o Francoisovi, rád bych předal slovo Alfrédovi, aby nás seznámil s tím, co objevil v knize. Předávám ti slovo, Alfréde."

Labuť trumpetista si odkašlal, když se k němu obrátily všechny oči.

"Prošel jsem všechno, dopředu, dozadu, do stran, a obávám se, že mi to moc nepomůže. Vzhledem k tomu, že Fúrie dostaly konkrétní pověření - a dodržují ho (i když ohýbají pravidla), nemyslím si ani, že by je Zeus mohl potrestat za to, co dělají."

"Chceš říct, že je to beznadějné?" Brandy se zeptala.

"Ne, neříkám, že je to beznadějné, ale prostě nevidím východisko. Tedy pokud nevědí to, co víme my."

"Což je?" Brandy se zeptala.

"Erielův plán. Jak je využíval. Kde Eriel je. Jak je nekomunikativní."

"To je pravda, musí je zajímat, proč s nimi nekomunikuje," řekl Lachie.

"A to by mohlo vyvolat nedůvěru," dodala Brandy.

"Co kdyby," řekla Sam, "jim ta informace unikla?"

"Napadlo mě to samé," řekla Samantha. "Možná by se bez něj otočili a utekli."

"Mohlo by to ale dopadnout i opačně. Bez něj, který by je držel na vodítku, by mohli. No, kdo ví, co by udělali!" E-Z řekl.

"Už nasbírali spoustu duší," řekla Lia. "Myslím, že E-Z má pravdu. Vědomí, že je mimo hru, by je mohlo učinit odvážnějšími."

Alfréd si všiml, že rozhovor naráží na stěnu: "Tak si promluvme o Francoisových superschopnostech. Je to cestovatel časem. Jak by nám mohl pomoci?"

"Ještě jedna věc," začal E-Z, "a toho si všiml strýček Sam, takže on by byl možná nejlepší člověk, který by nám to vysvětlil."

"Ne, jen do toho," řekl Sam.

"Francois sem poslal koťátko."

"Kotě?" Sobo se zeptal.

"Ano, jmenovala se Poppet a přišla do kuchyně. Francois mi hned poslal zprávu, jestli dorazila v pořádku. Pozdravila mě - ano, uměla mluvit. Po potvrzení, že dorazila v pořádku, zase vyskočila. Otázka, kterou Sam později položil, zněla, jak věděla, kde bydlíme?"

"Počkejte," řekl Charles. "Neříkal mi někdo, že vaše adresa je zveřejněná na internetu?" "Ne," řekl Charles.

"To jsem taky slyšela," řekla Brandy.

"Páni, to mi připadá jako věčnost, ale je to pravda." Sam se na to podíval.

Shromáždili se kolem Sama a viděli, jak je jejich dům online připojený k webové stránce, aby ho viděli všichni na světě.

"No, o tom není pochyb. Jestli vědí, kdo jsme, tak taky vědí, kde jsme," řekl Sam. "Ledaže..."

"Pokud co?" E-Z se zeptal.

"Ledaže by nebyli tak technicky zdatní, jak si myslíme, že jsou."

Sobo řekl: "Nikdy nepodceňuj nepřítele. Tak se z nehodných padouchů stávají hrdinové."

"Dobře, nejdřív se podíváme, jak Francois cestuje časem, a pak uděláme nějaký brainstorming o tom, jak by nám mohl pomoci porazit Furii," řekl E-Z.

Mlčky sledovali klip. Když skončil, E-Z řekl: "Napíšu seznam. Kdo chce začít?"

"Ne," řekl Sam. "Myslím, že bychom to měli sepsat postaru. Však víš, tužkou a papírem." Sáhl do kuchyňské zásuvky a vytáhl blok, který používali na seznamy potravin, a pero. "Ty se pusť do brainstormingu, já budu dělat sekretářku. A ani mi nemusíš platit plat."

Několikrát se zasmáli a pochechtávali, pak se nápady začaly sypat:

#1. Francois by se mohl vrátit v čase, zjistit, co se stalo PJ a Ardenovi, a zastavit to.

#2. Francois by se mohl vrátit v čase a zabránit zabití všech dětí.

#3. Francois by se mohl vrátit v čase a zabránit tomu, aby byli zabiti E-Zovi rodiče, zabránit jeho nehodě.

#4. Totéž platí o Liaině nehodě.

#5. Totéž platí pro nehodu Alfrédovy rodiny.

#6. Ditto: Lachlan je zavřený v kleci.

Intermezzo.

Haruto byl se svou novou rodinou šťastný. Konec příběhu.

Brandy nevadilo, že může zemřít a znovu ožít, i když se ptala, jestli je návrat do dne konkurzu reálná možnost. Tato žádost byla jednomyslně zamítnuta.

Charles také ničeho nelitoval.

Brainstorming pokračoval:

#7. Francois by se mohl vrátit do doby před vytvořením Furií, aby zajistil, že dostanou Achillovu patu.

#8. Francois by se mohl vrátit v čase do prvního dne, kdy se Eriel setkal s Fúriemi. Mohl by být špiónem. Nebo by mohl zajistit, aby se vůbec nesetkaly?

#9. Když Poppet mohla vyskočit a odejít, mohl by Francois udělat totéž?

Alfred řekl: "Počkejte. Tohle je úplně šílené, ale co kdyby se Francois vrátil a zrušil Furii z existence." "Co kdyby se Francois vrátil?" zeptal se.

"Páni, to je výborný nápad!" E-Z řekl. "Ale ve všech příbězích o cestování časem, které jsem četl, se hraní si s životy a měnění událostí vždycky odsuzuje."

"Jo, to si pamatuju z Návratu do budoucnosti. Ale z vlastní zkušenosti, " vysvětlovala Brandy, "když umřu a znovu se vrátím, je to, jako by se události, které vedly k mé smrti, nikdy nestaly. Je to jako sen, jestli mi rozumíš."

"Ne, ne, ne, ne, ne, ne, ne, ne." Sam se protáhl a zívl. "Děti se brzy probudí. Nechci překračovat meze E-Zova vedení, ale myslím, že musíme nějaký čas přemýšlet, než podnikneme nějaké kroky."

"Souhlasím. Díky všem za skvělý brainstorming," řekl E-Z.

A schůze byla ukončena.

KAPITOLA 22

WARM MILK

Lia a ostatní se celý den věnovali svým vlastním záležitostem. Večer se vyčerpaná převalovala, ale nemohla usnout. Frustrovaná po hodinách nevyspání a neustálých obav si došla dolů pro trochu teplého mléka.

Strčila hrnek do mikrovlnné trouby, stiskla čtyřicet vteřin a pak zmáčkla start. Jak hodiny odpočítávaly, sledovala čísla 39, 38, 37, 36 atd., dokud se neobjevilo číslo 33. V tu chvíli se na displeji objevilo číslo 33, které ji přinutilo, aby se na něj podívala. To bylo poslední číslo, které viděla.

"Ehm, ahoj, Malá Dorritko," řekla a přála si, aby si oblékla župan. "Kam jedeme?"

"Jsme na misi," řekl jednorožec. "Kam jedeme?"

"Ty nevíš ke komu?"

"Ne, staral jsem se o své věci, když jsi mě zavolala, Lio, nepamatuješ?"

"Já jsem tě nevolala," řekla Lia. "Ještě jsem nebyla spát. To je divné."

Jednorožec ztuhl ve vzduchu.

WHOOSH

Malá Dorritka vzlétla plnou rychlostí.

"Argghh!" Lia vykřikla a držela se jako o život. "Co se to děje? Proč jedeš tak rychle?"

"Já nevím," řekl jednorožec. "Je to, jako by mě někdo nebo něco ovládlo." Pokusila se zastavit, stejně jako před chvílí. Teď, ať dělala, co dělala, nemohla zastavit. Nemohla ani zpomalit.

"Drž se pevně!" Malá Dorrit vykřikla, když se její tělo začalo převalovat dopředu hlava nehlava. "Ale ne!"

Lia vykřikla, ale držela se jako o život. Nakonec se přestaly kutálet, ale místo aby zpomalily, zrychlily ještě víc.

Letěly dál a dál, zatímco noc se měnila v den. Jak si slunce razilo cestu vzhůru po obloze, vzdálenost mezi ním a nimi se zmenšovala.

"Mám pocit, že mě pálí kůže!" Lia vykřikla.

"Můj kožich taky," řekla Dorritka. "Zkusím nás ještě jednou otočit." Opravdu to zkusila a jako předtím se převalovaly hlava na hlavě, hlava na hlavě, a zmenšovaly tak vzdálenost mezi nimi a žhavým sluncem.

"Musíme se otočit!" Lia vykřikla. "Jestli to neuděláme, je s námi konec."

"Ale já se nemůžu zastavit. Zdá se, že nemůžu nic dělat. Počkej, požádám Baby o pomoc."

Na pozadí planoucího slunce se objevily tři okřídlené bytosti. Drželi se za ruce, zatímco jejich zčernalá roucha se vířila a kroutila kolem jejich těl.

SNAP!

SNAP!

SNAP!

byl zvuk, který naplnil vzduch, zvuk práskajícího biče, když k němu byly Lia a Malá Dorrit přitahovány jako na vlečném paprsku. Hřmělo, ačkoli nebyly vidět žádné bouře, protože se k nim natahovaly drápy slunce a hrozily rozložit jejich samotnou existenci.

"Je s námi konec!" Lia řekla. "Děkujeme, že jste se nás pokusili zachránit." Objala jednorožce. "Určitě bych si přála, abys měl otěže. Pak bych tě možná mohla otočit."

ZAP!

Objevily se otěže.

Lia kolem nich obtočila ruce, ale než je stačila ovládnout, rozplynuly se v nic.

"Máš pravdu, myslím, že jsme skončili," řekla Malá Dorrit. Z očí jí stékaly skleněné slzy.

BONJOUR

"Mohl bych vám pomoci?" objevil se Francois.

"Určitě můžeš," vykřikla Lia. "Dostaňte nás odsud!"

"Zavři oči a pevně se drž," řekl Francois.

Lia a Malá Dorritka se třásly strachy.

DING. CINK. CINK.

Mikrovlnná trouba. Kuchyně.

Lia klesla na podlahu.

Malá Dorrit bezpečně přistála v chladivém potoce, kde se rozprskla a pak zamířila domů.

"Kde jsi byla?" Dítě se zeptalo.

"Asi jsi nedostala můj vzkaz. To je jedno. Jsem příliš unavená," řekla Dorritka. "Ráno ti to povím."

KAPITOLA 23

DALŠÍ DEN

Snídani vařila Sobo a právě ona našla Liu na podlaze srolovanou jako vyhozené klubko vlny.

Sobo ze sebe vydal výkřik: "Pojď rychle! Naše Lia potřebuje pomoc!"

Jako první přišla Samantha. Okamžitě přitiskla rty na Liaino čelo, aby zkontrolovala teplotu, a pak zakřičela na manžela, aby přinesl teploměr na dvojí kontrolu.

"Má teplotu 107,7," potvrdila Sam. "Musíme ji odvézt do nemocnice."

Samantha stiskla tísňovou linku, zatímco Sam Liu zvedla, odnesla a položila na pohovku a čekaly na sanitku.

"Já to tu podržím," řekl Sam, zatímco jeho žena a Sobo následovali záchranáře, kteří nesli Liu v bezvědomí na nosítkách.

Když se sanitka s houkající sirénou odlepila od obrubníku, Lia otevřela oči a pokusila se posadit.

"Cítím se dobře," řekla.

Zdravotník jí znovu zkontroloval teplotu a ta byla v normě. Pokrčil rameny.

Než dorazili do nemocnice, Lia už byla zase ve své kůži a chtěla se vrátit domů - hned.

"I když jsou teď její životní funkce v pořádku, protože jste nás zavolala, musíme to dotáhnout do konce. Lia bude přijata, a jakmile dostane od přivolaného lékaře souhlas, bude moci jít domů." "Dobře," řekl jsem.

"Tak mě aspoň nechte vejít," řekla ošetřovatelka, když řidič otevřel dveře.

"Ne, slečinko, ty zůstaň na místě," řekl, když se chystali vnést nosítka a jejich obyvatelku dovnitř a Samantha se Sobem je následovali.

Samantha napsala Samovi aktuální zprávu. Odpověděl jí emoji se vztyčeným palcem, právě když prakticky vpadla do PJ a Ardenových rodičů, kteří byli na cestě ven.

"Jsou vzhůru! Naši kluci jsou vzhůru!"

"Oba?" Samantha vykřikla, když tuto nejnovější informaci sdělila Samovi, který svého synovce vzbudil, aby mu tu dobrou zprávu oznámil.

"Hned tam budu!" E-Z zavolal taxi.

KAPITOLA 24

HOSPITAL

E-Z BYL NA CESTĚ za svými dvěma nejlepšími přáteli. V taxíku si v duchu stále dokola opakoval dobré zprávy. Stalo se toho tolik. Tolik toho zmeškali. Tolik věcí jim musel říct. Chtěl jim to říct.

"Víte, který pokoj?" zeptala se ho sestra.

Řekl jí, že ne, a ona mu ho rychle našla. Poté, co jí poděkoval, nastoupil do výtahu a zamířil k jejich pokoji a přemýšlel, jestli jim má něco koupit. Květiny? Cukroví. Rozhodl se, že se jich zeptá, jestli něco nepotřebují.

Když dorazil těsně před jejich dveře, uvnitř uslyšel jejich hlasy a na pár okamžiků sklopil uši, než dal najevo svou přítomnost. Pak se zhluboka nadechl a snažil se zadržet emoce, aby ho nepřemohly - nechtěl se ztrapnit a ztrapnit...

"Pojď dál, ty velký měkkýši!" PJ řekl.

Arden řekl.

"Neměli byste po tom všem spánku pro krásu vypadat lépe? Mimochodem, oba se potřebujete oholit!"

"Nechceme vás zastínit a já si tak trochu žiju pocitem svého kníru," řekl Arden.

"Víme, že miluješ pozornost! Koukám, že tvůj kartáč na lahve by taky potřeboval zastřihnout!"

PJova matka, která se právě vrátila do pokoje, pošeptala E-Zovi, že nechtějí, aby to kluci přehnali, protože jsou vzhůru teprve pár hodin.

Po krátkém povídání E-Z oba kamarády objal a řekl, že už musí jít. "Vrátím se," slíbil, "a propašuju do sebe jeden nebo dva hamburgery - slyšel jsem, že nemocniční jídlo je opravdu hodně špatné."

"Nebudeš!" Ozvala se Ardenova matka, když se také vrátila do pokoje.

Odsunul židli, Ardenova matka stála čelem k němu, jeho dva kamarádi dali ruce v bok a prosili ho, aby jim prosím přinesl jídlo.

Když se vydal chodbou, nemohl uvěřit, jak moc mu chyběly - a jak dobře vypadaly. Sjel výtahem dolů na pohotovost, kde našel Samanthu a Soba.

"Nějaké novinky?" Zeptal se E-Z.

"Byla v pořádku, zuřila, že ji tu nechali, aby ji zkontrolovali," řekla Samantha. "Ale budu se cítit líp, jakmile dostane povolení a budeme moct odsud vypadnout."

"Já taky," řekl E-Z. "Půjdu se na to podívat." Tlačil se chodbou. Naslouchal hlasům, které se ozývaly uvnitř prostoru se závěsem, který považoval za předpříjmovou stanici. Nakonec uslyšel uvnitř Lianin hlas a vešel dovnitř.

"Počkejte prosím venku," řekla sestra.

"Vždyť je to moje sestra."

"Chci jít domů - hned!" dožadovala se a pak zkřížila ruce na prsou.

"Propustí vás hned, jakmile doktor řekne, že můžete být propuštěna. A ani o chvíli dřív."

"Jak se ti daří? Máma má o tebe strach."

"Nechám vás dvě o samotě, abyste si mohly popovídat," řekla sestra. "Doktor by měl přijít co nevidět. Jo, a ujistěte se, že zůstane klidná."

"Ehm, díky," řekl E-Z.

Jakmile odešla, objali se.

"Malá Dorrit a já jsme se málem spálily na slunci!" řekla. Vyprávěla E-Zovi všechno, jak se to stalo, od začátku do konce.

"Zajímavé je, že to byl Francois, kdo tě zachránil."

"Nevím, jak to věděl. S malou Dorrit jsme si myslely, že je po nás. Určitě to byli Furianti. Chtěli nás upálit! Už jsme se zpěčovali. Jsou to strašné, zlé čarodějnice!"

"Byli tam hadi?" Zeptal se E-Z

"Hadi a biče."

"To zní jako Fúrie." E-Z zaváhal. Změnil téma. "Slyšel jsi o PJ a Ardenovi?"

Zavrtěla hlavou.

"Probudili se!"

"To snad ne! To je zvláštní náhoda, nemyslíš? Snaží se zlikvidovat Malou Dorritku a mě, a mezitím se probudí dva kamarádi v kómatu."

"Máš pravdu, myslím, že to spolu souvisí."

"Co spolu souvisí?" Samantha odhrnula závěs. Objala dceru. "Jak se teď cítíš, zlato?"

"Já nejsem dítě," řekla Lia. "Ale cítím se líp a chci jít domů. Až navštívím PJe a Ardena."

Vešel Sobo. Objala Liu.

"Co se ti stalo?" zeptala se.

Lia jí znovu všechno vysvětlila. Její matka to nepřijala tak dobře jako Sobo. E-Z k ní přispěchal a nalil Samovi sklenici vody. Zato Sobo měl spoustu otázek. "Ty jsi ohřívala mléko, v mikrovlnce?" "Ano," odpověděla.

Lia přikývla.

"A v tu chvíli tě z kuchyně vytáhli?" "Ano," odpověděla.

"Ano, a rovnou na záda Malé Dorrit. Malá Dorritka říkala, že jsem ji přivolala, ale já to neudělala."

"A co se stalo pak?" Sobo se zeptal.

"No, Malá Dorrit letěla a povídali jsme si, a když ani jeden z nás nevěděl, kam letíme a proč, přemýšleli jsme, že se vrátíme. Další věc, kterou jsme si uvědomili, bylo, že jsme se s Malou Dorrit tlačili blíž a blíž ke slunci, aniž bychom měli sílu se otočit."

"Ale ty a Malá Dorrit nesplňujete kritéria Furií. Neměly by se ani jedné z vás dotknout!" E-Z vykřikl.

Samantha řekla: "Možná je to jen náhoda.

Sobo zopakovala svou radu z dřívějška: "Nikdy nepodceňuj nepřítele." "To je pravda.

Jakmile Lia dostala povolení jít domů, překvapili s E-Z PJ a Ardena cheeseburgery a hranolky, které propašovali dovnitř.

Cestou domů v taxíku se Samanthou, Sobem a Lia myslela E-Z na jednu jedinou věc. Fúrie zaútočily na Liu a Malou Dorritku a neuspěly. Nejenže neuspěly - díky Francoisovi -, ale vesmír jim nějak, nějakým způsobem poslal zpět PJe a Ardena.

Náhoda? Myslel si, že ne. Místo toho chtěl věřit tomu, že síly Furií se zmenšují, pokud se odváží překročit svůj mandát.

Ať tak či onak, on a jeho tým museli být kdykoli připraveni využít situace.

Tohle mohla být jejich jediná šance.

Jediná výhoda v jejich prospěch.

KAPITOLA 25

SOBO

"Musím se zeptat ještě na jednu věc," zeptal se Sam E-Z, než všichni přišli na schůzku.

"Dobře, ptej se," řekl E-Z.

"No, zajímalo by mě, proč Rosalie neví o Francoisovi." "Cože?" zeptala se.

"Já," dál se E-Z nedostal, než do kuchyně přišly Brandy a Lia.

"Nás si nevšímejte," řekla Brandy, když se pustila do otevírání ledničky, vyndala pomerančový džus a dopila ho, než nádobu hodila do koše.

"Ehm, měla bys to nejdřív vypláchnout," řekl E-Z, což Brandy udělala. Pak se sesunula na židli a hřbetem ruky si otřela ústa.

"Promiň, nechtěla jsem být nezdvořilá, víš, že jsem přestala tak náhle. Chtěla jsem, abychom tu byli všichni a probrali obavy strýčka Sama."

"To je fér," řekla Lia a posadila se vedle Brandy.

Jeden po druhém přicházeli ostatní a zaujímali svá místa kolem stolu.

E-Z začal tím, že všechny informoval o zázračném uzdravení PJ a Ardena, což všichni, včetně těch, kteří se s nimi ještě ani nesetkali, odměnili bouřlivým potleskem.

"Další bod programu, a myslím, že tyto dva body spolu mohou souviset, Lia a Malá Dorrit byly lstí donuceny opustit dům a jejich životy byly ohroženy. Kdyby nebylo Francoise, Furie, které považujeme za zodpovědné, by možná uspěly."

"Bravo Francois!" Charles řekl.

"Jak jste se nechali obelstít?" Brandy se zeptala.

"Kde se to stalo?" Lachie se zeptal.

"Lio, chceš to říct?" Zeptal se E-Z. Zavrtěla hlavou, že ne. "Skoč mi do řeči, jestli mi něco unikne," řekl. Pokračoval a vysvětlil, co se stalo a proč si myslí, že za to mohou Fúrie.

"Od té doby přemýšlím o Furiích a jejich mandátu. Jak víme, musí se jím řídit. Když se pokusily zabít Liu a Malou Dorrit, porušily pravidla. Jaký důvod mohly uvést, že se pokusily zabít Liu nebo Malou Dorrit? Nejenže jednali proti svému mandátu, ale navíc selhali. A teď si vezměte, co se stalo přesně ve stejnou dobu - myslím tím samozřejmě PJ a Ardena - probrali se z kómatu. Náhoda? Myslím, že ne.

"A čím víc si je v duchu spojuji, tím víc mě napadá, jestli Fúrie náhodou neoslabují. Jestli mám pravdu, pak je možná právě teď ten správný čas, abychom je zničili."

"Je to možné," řekl Alfréd, "ale vzpomínám si, že jsem ve škole četl o Einsteinovi - což by mohlo dokazovat opak. Myslím tím, že to vůbec nemuseli být Furianti. Mohlo jít o narušení časoprostorového kontinua. Vzhledem k tomu, že je Francois dokázal zachránit a nikdo z nás nevěděl, že se to děje, zdá se, že je to možnost, kterou stojí za to prozkoumat, nemyslíš?"

Sam přešlapoval na místě. "Vzhledem ke všemu, co víme o Furiích, a k tomu, co si pamatuji ze studií o Einsteinovi - aby vůbec měli šanci ohnout časoprostorové kontinuum, musely by Lia a Malá Dorritka letět rychleji než světlo - 186 282 mil za sekundu. Kdybyste letěli tak rychle, pohybovali byste se v čase dozadu, ne dopředu."

"Cestovali jsme rychle, ale ne tak rychle," řekla Lia.

"Řekni nám ještě jednou, co se stalo, Lio. Snímek po snímku. Až do chvíle, kdy se objevil Francois," řekl Alfred.

Lianin příběh začal v kuchyni a skončil v nemocnici.

Zvednutím ruky všichni odhlasovali, že věří, že za to mohou Fúrie, přesto nikdo nedokázal vysvětlit, proč to Francois věděl nebo jak byl přivolán.

"Volali jste ho?" Zeptal se E-Z. "Chci říct, jak to věděl? Na to se ho hodlám zeptat."

"Což mě přivádí tam, kde jsme dnes začali," řekl Sam. "A moje otázka zní, proč Rosalie o Francoisovi nevěděla." "Jak to?" zeptal se.

"A jak je na tom malá Dorritka?" Sobo se zeptal.

"Nevím, jak Francois, ale jednorožec spal, když jsem si dnes ráno odskočil pro trávu."

"Aha, to je dobře," řekla Lia.

"Možná mají doktoři vysvětlení, proč se PJ a Arden probudili, když se probudili?" Sam se zeptal.

"To je pravda, mohli by, ale nevím, jak je to pro nás důležité. Ne tak docela. Hlavní je, že jsou vzhůru, a my pořád nevíme, jestli za ně můžou Fúrie. Máme však důkazy, co dělaly ostatním dětem, a tak či onak je musíme donutit, aby za to zaplatily. A musíme je donutit, aby s tím přestali."

"Možná mají lékaři vysvětlení, proč se PJ a Arden probudili, když se probudili?" "Ano," řekl jsem. Sam se zeptal.

"To je pravda, možná ano, ale nevím, jaký to má pro nás význam. Ne tak docela. Hlavní je, že jsou vzhůru, a my pořád nevíme, jestli za ně můžou Fúrie. Máme však důkazy, co dělaly ostatním dětem, a tak či onak je musíme donutit, aby za to zaplatily. A musíme je donutit, aby s tím přestali."

"Tady! Tady!" Charles bouchl rukou do stolu.

"Můžeme si ještě chvíli promluvit o Francoisovi?" zeptala se Brandy.

"Co když nám nebude chtít nic říct," zeptal se Charles, "pokud ho nepřijmeme za člena týmu?"

"Charles má správnou připomínku," řekl E-Z. "Jsem připraven použít to jako zkoušku s Francoisem. Pokud nám neřekne, co ví, pak možná není určen k tomu, aby byl jedním z nás."

"A co když je opravdu dobrý lhář?" Brandy se zeptala. "A někteří lidé jsou vynikající lháři."

Lia řekla: "Co kdybychom si udělali zoom? Můžeme si s ním všichni popovídat, zjistit, co je zač, a pak o něm můžeme hlasovat? Já už jsem připravená hlasovat pro."

"Ne," řekl E-Z. "Nechci, aby věděl o Charlesovi, Harutovi, Lachie nebo Brandy. Jediné, co teď ví, je to, co si může najít na internetu."

"A přesto," vložil se do toho Sam, "se Poppet dokázala vetřít do našeho domu."

"Jo, to je ono," řekl E-Z.

"Navíc zachránil Malou Dorritku a mě - takže o ní ví."

""Mám pocit, že se točíme pořád dokola," řekl Alfred. "Mezitím umírají další děti a dostávají se do Lovců duší, kteří patří jiným zemřelým," řekl Alfred. "Tolik jsem doufal, že budeme dál, až rozluštím informace z knihy."

"Počkej," řekl E-Z. "Viděl dneska někdo Hadze a Reikiho?" "Ne," řekl.

Nikdo.

E-Zovi zazvonil telefon. Přišla dlouhá textová zpráva od PJ a Ardena:

"Neptejte se nás jak, ale víme, že se k vám blíží Fúrie. A ano, máme plán. Potřebujeme vědět, jakmile je uvidíte. Pošli nám zprávu - a Haruto."

E-Z odpověděl. "Co????"

"Věř nám," napsal PJ.

Oba si vyměnili emotikony s palcem nahoru a pak Harutovi a ostatním vysvětlil situaci.

Vědomí, že Fúrie jsou připraveny začít bojovat teď, na území nepřítele a bez svého vůdce Eriela, vyvolávalo v E-Z pocit úzkosti. Díky PJ a Ardenovi však ztratili moment překvapení.

Stále sedět a čekat na jejich příchod nebyla nejlepší strategie.

Teď však měli výhodu. Stačilo jen sedět a čekat - a doufat.

KAPITOLA 26

NEČEKANÍ NÁVŠTĚVNÍCI

VŠICHNI SE VĚNOVALI SVÝM záležitostem a snažili se při čekání zabavit. Pak se i přes cihlové zdi prodral nepřehlédnutelný zápach.

"Co je to?" Lia vykřikla a prsty si přidržovala nos. "Pořád to cítím!"

Brandy dělala totéž pravou rukou a levou rozprašovala po místnosti osvěžovač vzduchu, který místo aby sílu zápachu zmírnil, jako by vzduch zahustil a zesílil.

"Pojďme ven!" Lachie řekla. "Třeba je to tam lepší?" Otevřel dveře, i když mu logika říkala, že když je zápach uvnitř, musí být venku ještě horší. Zpočátku se jeho smysly nechaly zmást a nic necítil. Že by si na to začal zvykat? Smrděly Fúrie uvnitř domu?

Pak si všiml Malé Dorrit a Bejby, jak krouží nad ním. "Tady nahoře to není o nic lepší!" Děťátko řeklo.

"Je jedno, jak se tam dostaneme!" Malá Dorritka se přidala.

Pak ho to znovu zasáhlo, smrad jako facka do tváře, a na okamžik ztratil rovnováhu. Zahlédl šňůru na prádlo a kolíčky a rozběhl se k nim. Jednu si přitiskl na nos a voilá, už nic necítil. Mávl na Dorničku a Bejbyho, aby slezli dolů, a když tak učinili, přiložil potřebné kolíčky (jejich nosy jich potřebovaly několik), až už také necítili ten smradlavý zápach.

"Díky," řekli Malá Dorritka a Bejby, když se zvedali ze země. "Budeme dávat pozor."

Lachie jim ukázal palec nahoru a pak si všiml, že po cestičce směrem k plotu se vzadu v zahradě děje menší rozruch. Skupinka tvorů vytvořila kruh, jako by měli poradu. Zamířil k němu, když se z větve zvedla sova a přistála mu na rameni.

"Ehm, ahoj," řekl a podíval se sově do očí. "Už jsme se někdy potkali?" Sova přikývla a pak poznal, kdo to je. Byl to Sobo. "Když jsi říkal, že tvoje superschopnost je proměna, tak jsem si tě takhle nepředstavoval!" "To je pravda," řekl.

"Haruto to neví," řekla. "Aspoň si myslím, že si mě nepamatuje - zatím." Odletěla zpátky ke skupině tvorů: "Pojď se k nám přidat," řekla.

Lachie prošla mezi nimi a nechala se postupně představit jelenovi jménem Oboe, mývalovi jménem Charlie, lišce jménem Louise, ptáku (modrá sojka) jménem Lenny a druhému ptáku (kardinál) jménem Percy.

"Přišli jsme, abychom vám pomohli," řekl jelen Oboe, "ale máme velký strach z Furií."

"Pusťte mě na ně!" Mýval Charlie vykřikl. "Vyškrábu jim oči."

"A já jim vyrvu krk!" Liška Voška vykřikla.

"Páni! Počkejte!" Lachie se zarazil. "Tohle není tvůj boj. I když si vážím tvého úřadu, který ti chce pomoci, proč nám to nejdřív nezkusíš ty? Když budeme potřebovat, abys nám pomohl, zapískám a ty pak můžeš přijít?"

"Má pravdu," řekl Sobo. "I když tím nemyslí mě." Podívala se na Lachieho, aby se ujistila, že její domněnky jsou správné, a odpověděla přikývnutím. "Musím chránit svého vnuka a ostatní." Lachi se usmál.

Lenny a Percy, další dva ptáci, si mezi sebou cvrlikali.

Sobo, který byl doposud klidný, teď začal velmi nevyzpytatelně mávat a opakoval: "Přicházejí zlé věci! Hrozné věci se blíží! Hrozné věci se blíží!"

"Pst, Sobo," řekl Lachie a snažil se ji uklidnit. "Jsme připraveni a oni nevědí, že víme, že přicházejí."

TUPÝ TUPÝ TUPÝ TUPÝ TUPÝ TUPÝ TUPÝ TUPÝ

TUP TUP TUP TUP TUP TUP

TUPÍ TUPÍ TUPÍ TUPÍ TUPÍ

Byl zvuk, který vydávala země pod jejich nohama, pulzující jako srdce, které se snaží vyrazit hruď.

Po bušení následovalo bubnování.

Pak dunění.

"Fúrie přicházejí!

Fúrie přicházejí!

Fúrie přicházejí!"

Zatímco obloha nad nimi se třásla

a otáčela se.

A hořela.

Od zářivě modré po krvavě oranžově rudou.

Sousedé se vyhrnuli ven, jak už to sousedé dělají - aby se podívali, co je to za smradlavý zápach. Někteří hluční parkující omdlévali, když byli zahlceni svými smysly, a někteří si na verandu přinesli popcorn, aby ho snědli a dívali se.

Netušili, jaké nebezpečí se k nim blíží.

A přesto tu byly stopy.

Dusivý šepot.

Tlukot tlukotu tlukotu tlukotu.

Přesto se mnozí neuchýlili dovnitř do bezpečí svých domovů.

Místo toho jedli popcorn, pili limonádu a čekali.

DÍRA

bez útěku.

Zatímco samotná půda pod jejich nohama byla

TLUKOT TLUKOT TLUKOT TLUKOT TLUKOT

TLUKOT TLUKOT TLUKOT TLUKOT TLUKOT

TLUKOT TLUKOT TLUKOT TLUKOT TLUKOT

Pak se po tom dunění ozvalo bubnování.

Pak bubnování.

"Fúrie přicházejí! Fúrie přicházejí! Fúrie přicházejí!"

***

"POJĎME VEN!" E-Z VYKŘIKL. "A postavit se jim čelem!" Otevřel vchodové dveře dokořán, takže narazily do zdi.

Brandy, Lia, Haruto, Charles a Alfred stáli za ním, připraveni k akci, jakmile dostanou rozkaz.

Ohlédl se přes rameno, aby viděl, že Sam a Samantha jsou na cestě ven: "Vy ne," řekl. "Děti vás potřebují uvnitř. Nechte to na nás."

Sam a Samantha ustoupily.

Nyní stáli čtyři vojáci vedle sebe na trávníku před domem a čekali. Pro cizího člověka mohli vypadat jako skupina dětí čekajících na příjezd školního autobusu v běžný školní den. Ale tohle nebyl normální den. Tohle byl Armagedon.

Lii se třásly ruce a chvěla se, když pátrala ve své mysli, otevřela se své mysli a doufala, že rozluštění jejích superschopností jí umožní přístup k mysli Furií. Že se tam bude moci vžít a najít nějaké stopy, nějaké informace, které by pomohly jejímu týmu - ale její mysl zůstávala prázdná.

Alfred řekl: "Vyletím na střechu. Uvidíme, co uvidím."

E-Z přikývl. "Buď v bezpečí. Jo, a zkus najít Lachieho a Soboa." Už zahlédl jednorožce a draka, jak letí vysoko nad nimi. Ukázal jim palec nahoru.

Hlasitě zapískal a Bejby se snesl dolů, Lachie mu skočil na záda a společně se připojili k Alfrédovi na střeše. Vedle nich přistála sova.

"To je Sobo," řekl Lachie.

"Vidíš něco?" E-Z se zeptal.

Alfréd zamával křídly: "Blíží se k nám obrovská police o velikosti ledovce, ale pohybuje se rychle." Alfréd se usmál.

E-Z se to snažil v duchu představit, ale nešlo to, protože jak by sakra on a jeho tým něco takového zastavili? Jak?

"Pohybuje se to k nám jako tsunami," řekl Alfred.

"Ale není to z vody," řekl Lachie. "Vypadalo to, jako by to bylo z písku. Písečná vlna. Nese tři ženy oblečené v černém."

Písečná vlna, ano, teď už si to dokázal představit. "ETA? Myslím tím odhadovaný čas příjezdu?" E-Z se zeptal.

"Těžko říct," řekl Alfréd. "Minuty..."

Po celou dobu jim pod nohama dál bubnovala země.

A duněla.

"Fúrie přicházejí! Fúrie přicházejí! Fúrie přicházejí!"

***

"Běžte dovnitř!" E-Z zakřičel na zvědavé sousedy. "Zavřete dveře, zamkněte je. A někdo dejte oznámení na sociální sítě. Ať všichni zůstanou doma. Ať už nevycházejí ven, dokud ode mě nedostanou povolení! Teď běžte!"

SLAM.

SLAM.

Přes jeho rameno se ven dívali Alfréd, sova, Lachie a Baby a sledovali, jak mávnutím ruky uzavírají vzdálenost mezi Furianty a jeho týmem, zatímco Malá Dorritka je z výšky bedlivě sledovala.

Na nějaký plán bylo pozdě. Příliš pozdě na to, aby dělali cokoli jiného než doufali, že jsou připraveni, protože vítr je bičoval a tlačil a země bušila synchronně s tlukotem jejich srdce.

KŘACH.

Za ním se vylomily vchodové dveře a vyletěly z pantů. Odrazily se a s rachotem se rozletěly po ulici, než konečně spočinuly na rovině.

Sam vystoupil. E-Z k němu otočil židli a nevěřil vlastním očím.

Sam si sestavil kostým, respektive řadu kostýmů, a vytvořil si tak vlastní postavu superhrdiny. Na hlavě měl rytířskou helmu s odklopenou maskou. Když se pohnul dopředu, sjela dolů a on ji musel zacvaknout zpátky na místo. Na oči si nanesl černou barvu - takovou, jakou nosí hráči baseballu, aby vymýtil odlesky pod očima. Hruď měl vypouklou, jako by měl pod košilí neprůstřelnou vestu, a za ním se táhl dlouhý černý plášť. Na spodní polovině těla měl černé džíny a své oblíbené běžecké boty.

Tým superhrdinů se snažil nesmát, když si razil cestu vedle nich, a všimli si, že má na látce přes ramena našité své superhrdinské jméno - SAM THE MAN.

Malá Dorrit se vrhla dolů a hodila Brandy na záda. Vzápětí Lachie vyskočil na záda Baby a vzlétl. Podíval se na střechu. Malá Dorrit už tam nebyla. Alfréd a sova se zvedli ze střechy. Všichni přistáli vedle E-Z a ostatních.

"Všichni za jednoho!" řekli si. "A jeden za všechny!"

"Ale kde je můj Sobo?" Haruto se zeptal.

Sobo mu přiletěla na rameno a on hned věděl, že je to ona. Pak se proměnila do své lidské podoby.

Tým dětí viděl, jak se strýček Sam proměnil v Sama Člověka a Sobo ze sovy v babičku, ale nikoho z nich to nezaskočilo.

Protože pod jejich nohama země dál DRUMALA.

A BOUŘILA.

Ale slova se změnila.
"Furie už jsou skoro tady.
Fúrie už jsou skoro tady.
Fúrie už jsou skoro tady."

***

E-Z A JEHO TÝM sledovali, jak se obrovská písečná vlna podobná zaoceánskému parníku vplouvajícímu do přístavu snáší dovnitř. Ale tahle věc se prodírala ulicemi, srovnávala se zemí domy, stromy a všechno živé, co se jí postavilo do cesty. A nezpomalovala.

Neměli dost času na to, aby vzlétli, navíc je ohromila samotná velikost té věci. Zastavilo se to a Fúrie nad nimi zavládly, jejich hlasy ječely smíchy, když poprvé vrhly oči na své nepřátele.

"Jsou vůbec skuteční?" Tisi se zeptala. "Vypadají jako miniaturní panenky, které čekají, až si na ně někdo stoupne."

"Vidím, že mají draka a jednorožce. A labuť. Ach jo!" Ali vyjekla.

"Nezapomeň, proč jsme tady," řekla Meg. "Teď se vy dva chovejte slušně, zatímco já půjdu dolů a promluvím si s vůdcem. Jak že se to jmenoval?"

"E-Zed," vyjekla Tisi.

"E-Zed," vykřikl Ali.

Společně vyslovili jméno E-ZED, E-ZED, E-ZED."

"Aha," řekl Tisi.

"Říkají ti E-Z," řekla Brandy a odkopla se.

"Ne!" E-Z vykřikl. "Počkejte na můj rozkaz!" Ale bylo pozdě, Malá Dorrit a Brandy už byly v letu, ale neletěly daleko, našly si místo na střeše.

E-Z a zbytek týmu se drželi na místě.

"Na co čekají?" Sam se zeptal.

Charles řekl: "Doufají, že jejich smrad udělá práci za ně. Usmál se a všichni se rozesmáli. Všichni kromě Sobo, která se proměnila zpátky do sovího stavu a vyletěla na střechu vedle Brandy a Malé Dorrit.

Furiím, které měly výborný sluch a které měly plán a hodlaly se jím řídit, se nelíbilo, že jsou terčem vtipů superhrdinských dětí, a jedna po druhé se vznesly do vzduchu. Jak se blížily, zápach se zvyšoval, protože jejich černá roucha se třepotala ve větru.

"Chytej!" Lachie zavolal a hodil každému členovi týmu kolíčky na šaty.

Teď už ne tak páchnoucí čarodějky letěly blíž, takže si je děti dole mohly prohlédnout detailněji. Naživo byly větší než život, doslova kvůli hadům, kteří se po těch tělech klouzali a plazili. Plivání hadů s rozeklaným jazykem doprovázel zvuk práskajících bičů, což bylo vynikající ukázkou psychologické války.

Byla to Meg, kdo podle původního plánu prolomil ledy, když vykřikla: "Kde je Eriel? Víme, že ho máte! Vydejte nám ho, HNED!"

Vysoký zvuk jejího ječivého hlasu přiměl děti, aby si zakryly uši, protože předměty ze skla, jako pouliční lampy, světla na verandě, okna, a dokonce i sklo ve skříních se tříštily na míle daleko.

Když si byl jistý, že Meg už nemluví (protože měla zavřená ústa), E-Z odpověděl: "Je tam, kde se drží zrádci. Takže teď můžete zalézt zpátky do té díry, ze které jste vy tři vylezli!" A když domluvil, jeho se zvedl ze země, následován Alfredem, Sobem, Malou Dorrit s Brandy Baby s Lachiem na palubě.

"Tohle je naše území. Tohle jsou naši lidé - a vy tu nemáte co dělat. Vlastně tady na Zemi nemáte vůbec co dělat. Nikdy jste tu neměli co dělat. Nepatříte sem," řekl E-Z. "A my už máme dost vaší manipulace. Přehráli jste to. Zneužil jsi své moci. Jsi opovrženíhodný. A my tě za to donutíme se zodpovídat."

"Co nám takový malý kluk jako ty udělá?" "Přejet nás?" zvolal Tisi, který se nastěhoval vedle Meg.

Její křečovitý smích naplnil vzduch a způsobil, že se půda pod nohama zbytku týmu rozdělila do mezer. Lia, Haruto, Charles a Sam se kvůli bezpečí schoulili mezi mezery.

Meg se připojila k zábavě s nadávkami: "Možná nás ta labuť ulechtá k smrti? Samozřejmě ho můžeme oškubat - a sníst si ho k obědu!"

Nelétající členové týmu se k sobě přitiskli ještě těsněji. Haruto, který se mohl vymrštit, byl příliš vyděšený, než aby se pohnul. Držel se dál od otevřených mezer v zemi, které hrozily, že je pohltí.

"A ty, holčičko," řekla Alli Lii. "Snažili jsme se tě roztavit na slunci. Tenkrát jsi nám utekla. Ale co nám uděláš teď? Budeš na nás zírat rukama a proměníš nás v sochy?"

Fúrie" znovu zaječely smíchy, zatímco země pod nimi se smrštila, jako by se snažila něco porodit.

"Už mě to nudí," řekla Meg.

Ostatní dvě sestry byly nezvykle tiché, jako by si nebyly jisté, jaký by měl být jejich další krok.

"Tohle je pro nás ztráta času!" Meg přiletěla o něco blíž k E-Z a s rukama v bok prohlásila: "Ztrácíme tady čas! Nepřišly jsme dnes bojovat s tebou. Ne bez našeho vůdce. Chceme jen vědět, kde je? Nechte ho jít. Nechte ho jít - hned. A bitvu si necháme na jindy."

"To by se ti líbilo, viď!" Alfréd vykřikl.

Což Alli přivedlo do varu.

"Pojď ke mně, malý šviháku. Kotel na tebe čeká - ty opeřená zrůdo!"

"Je to labuť, ne husa, ty idiote!" Řekla Brandy a nasměrovala malou Dorritku k sobě.

E-Z rád za rozptýlení dostal textovku od PJ a Ardena a dal Harutovi znamení zvednutým palcem.

Haruto se zatočil do neviditelna a běžel rychleji než rychle do nemocnice, kde se setkal s PJ a Ardenem, kteří už čekali uvnitř hry. Nyní každý z nich provedl zabití. Když Haruto dorazil, provedli další dvě zabití.

Fúrie chtivé dalších dětských duší poslaly do hry jejich esence.

"Máme tě!" křičely tři bohyně.

"Teď!" PJ zařval, když Arden stiskl SAVE na USB, a když bylo uloženo, stiskl EJECT. Uzavřel USB lepicí páskou a pak ho vložil do vzduchotěsného sáčku.

"Vezmi to do E-Z!" Arden řekl.

Haruto přišel na zem, pokynul babičce, která popadla USB do zobáku a odnesla ho k E-Zovi.

PJ napsal zprávu. "V USB jsou esence Furií."

E-Z bezpečně uložil USB do kapsy džínů a při dalším pohledu na Fúrie se pohled v Rafaelových brýlích změnil. Těla tří sester se ztrácela, ale hadi ne. Tehdy si uvědomil, co je jejich Achillovou patou. "Hadi je drží při životě!" vykřikl. "Musíme se zbavit hadů."

Brandy už byla dost blízko na to, aby Alliho zasáhla. Bohužel byla také dost blízko na to, aby ji Alliin had uštkl - což se také stalo. Svezla se k zemi a Malá Dorritka se rozběhla, ale bylo pozdě, Brandy už byla mrtvá.

"Odveďte ji odsud!" E-Z vykřikl a Malá Dorritka vzlétla k nebi a vzlykala přitom.

"Bude v pořádku," řekl E-Z.

"To si nemyslím," zasmála se Alli. "Naši hadi nejsou z tohoto světa. Pokud tě jeden z nich kousne, ať už máš jakékoliv schopnosti, nebudou fungovat. Ale my tu zůstaneme a počkáme, jestli chceš? A když se pak nevrátí - rozstřílíme zbytek tvého týmu na cucky!"

"Vy mrchy!" E-Z vykřikl.

Sobo se vrhl do akce, zaútočil, vytrhával hadí oči jedno po druhém a pouštěl je na zem. Když skončila s Alli, pustila se do Meg a pak do Tisi. Když svůj úkol dokončila, byla babička příliš vyčerpaná na to, aby udělala cokoli jiného než přistála vedle svého vnuka a vrátila se do své lidské podoby.

"Ale Sobo," řekl Haruto, "já chci taky bojovat."

"Zbytek nech na nich," řekla. "Jsem příliš unavená na to, abych tě nesla."

Sobo a Haruto sledovali, jak zbytek týmu hady doráží.

Fúrie otevíraly a zase zavíraly tlamy, ale nevycházel z nich žádný zvuk. Kromě toho, že jejich těla byla bez hlasu a slábla, snažila se udržet na hladině, zatímco krev v jejich žilách kapala a kapala.

E-Zův vozík se pod nimi pohyboval, zachytával kapky a mísil krev Furií s ostatními vzorky, které nasbíral.

"Jsou mrtví," potvrdil E-Z, když se prázdná roucha The Furies vznášela jako černí duchové k zemi.

Ale ještě nebyl konec.

***

ZA E-Z ZVEDLA PÍSEČNÁ vlna hlavu a když viděla kolem sebe probodnuté oči - oči všech svých dětí -, tato matka všech hadů pomalu ožila.

Sam, který si pohybu všiml jako první, vykřikl: "Pozor, E-Z!" A když jeho volání neslyšel, Lia, Charles, Haruto a Sobo se přidali.

Lachie zaslechla jejich výkřiky a uviděla hada, jak se, jak slyšela, plouží k E-Zovi. Podíval se hadovi do očí a řekl: "NE!".

Na vteřinu nebo dvě se hadí matka přestala hýbat a vypadalo to, že Lachieho příkaz slyšela a pochopila, pak si všiml mihnutí v jejím oku. "Uhni E-Z!" vykřikl, když Baby otevřel tlamu a vystřelil směrem k E-Z a hadí matce.

E-Zovi hořely vlasy a on je uhasil, pak jeho židle spadla na zem.

Bejby dál chrlil oheň na obrovskou hadí matku, dokud neshořela na uhel. Místo zápachu, který vytvářeli Furianti, se teď vzduchem nesl páchnoucí kuřecí pach, jaký se dá najít na každém zahradním grilování.

"Ehm, díky, Baby a všichni," řekl E-Z a prohrábl si prsty střed vlasů. Zbavil se té části, která připomínala štětiny.

"Ono to zase doroste," řekl Sam, když se země pod jejich nohama opět začala zvedat.

THRUM

A DUNĚNÍ

E-Zův vozík se sám od sebe zvedl ze země a do kráterů, které se v zemi otevřely, začaly pršet kapky krve.

"Co se to děje?" Alfred se zeptal.

Pod ním dál krvácel invalidní vozík, který ho tryskem přenášel z místa na místo. "Malá kapka sem a malá kapka tam," odříkával si v duchu. Na zemi jeho tým říkal stejná slova, která se mu honila hlavou: "Kapička sem a kapička tam," pak společně dokončili básničku: "kapička, všude," a pak začali znovu. Zavrtěl hlavou... četli mu snad všichni myšlenky?

Pod jejich nohama země pokračovala.

DRUMMING

DUNĚNÍ.

VYPÍNÁNÍ.

KONTRAKCE.

Lia se zvedla ze země, rozevřela ruce, jak nejvíc to šlo, s hlavou svěšenou dozadu a očima upřenýma k nebi. A nad ní se nebe roztrhlo. Začalo pršet, ale když dopadly na chodník, skvrny byly rudé. Nebe plakalo krvavými slzami, zatímco Lia se houpala a kroutila ve vzduchu jako loutka bez provázků.

Ostatní, Babyho a Lachieho nevyjímaje, vyběhli na verandu, aby unikli krvavému dešti, neschopni cokoli udělat s Lia, která byla stále zavěšená a v transu.

"My se postaráme, aby nespadla," řekl E-Z, "vy ostatní se kryjte."

PULSING.

TLAČENÍ.

Pak se zablesklo.

Následoval hrom.

Jak archanděl Michael prorazil bariéru a letěl dolů, až byl blízko E-Za.

"Chápu, že máš situaci pod kontrolou," řekl Michael.

"Ano, esence Furií jsou v tomto USB."

"Hoď mi ho," řekl Michael.

Jako by házel baseballový míček na druhou metu, E-Z vystřelil USB směrem k Michaelovi, který se natáhl, chytil ho a obalil ledem. "Já Eriel budu mít společnost," řekl Michael. "Všichni zůstanou v ledu po zbytek věčnosti. A mimochodem, dobrá práce pro všechny!" Pak stejně rychle, jako přišel, odletěl.

"A co Lia?" E-Z vykřikl, ale Michael neodpověděl.

Země začala pulzovat a kroutit se, přestože na ní už nebyli Furianti, a z nebe ani z jeho vozíku už netekla krev.

Lia se stále vznášela s očima upřenýma na oblohu, jak se sama chvěla od krvavých slz k modré, a pod jejich nohama se zemské krátery zacelovaly trávou, stromy květy.

Pak všechno utichlo, protože Lia, stále v transu, se snesla zpátky na zem. Rozkročená na zemi, s rukama stále široce rozevřenýma, ucítila na zádech trávu a vyčerpaně se usmála, jak se zmenšila a vrátila se do svého skutečného věku, který činil devět a půl roku.

"Jsi v pořádku?" Zeptal se E-Z, když se kolem něj shromáždili liška, modrá sojka, mýval, kardinál a jelen.

Lia otevřela oči a viděla z nich. Podívala se na své ruce a ty byly jako dřív.

"Jsem v pořádku," řekla, když jí Lachie pomohl vstát.

Sam si okamžitě všiml, že dceřino oblečení jí už nesedí. Sundal si svůj superhrdinský plášť a omotal jí ho kolem ramen.

"Díky, tati," řekla Lia.

Bylo to poprvé, co ho tak oslovila, a on se nikdy necítil tak pyšný, když mu po tváři stekla slza.

***

MODRÁ OBLOHA SE ZDÁLA být jasnější, jako by hvězdy mrkaly očima, i když byl den, a tráva na zemi jako by tančila ve slunečních paprscích, jako by v ní byla diamantová rosa.

E-Z ani nikdo z jeho týmu nedokázal promluvit. Nikdo nechtěl přerušit ticho ani narušit krásu, jíž byli svědky.

ŠEPOT.

ŠEPOT ŠEPOT.

ŠEPOT ŠEPOT ŠEPOT.

Listy, které vlály ve větru. Vydávaly zvuk podobný lidskému. Ale nebyl to vítr, byl to hlas dětí na celém světě, které se znovu rodí.

Těch, které Fúrie unesly, vytlačily jejich těla ze země a zjistily, že se jim vrátil hlas.

Děti se znovu naučily chodit, běhat nebo se plazit a jejich křik se ozýval po celém světě:

"Chci maminku!" křičela znovuzrozená, ale duší zbavená dětská těla.

"Chci svého tatínka!" křičely tyto vzkříšené děti jedním hlasem:

"KÁ, KÁ, KÁ!"

"KÁ, KÁ, KÁ!"

"WAH, WAH, WAH!"

Dětičky bez duše se pohybovaly do krajů, cestovaly na různá místa, jejich pohyby byly rychlejší než rychlost světla, zatímco dál naříkaly:

"Já chci maminku!"

"Já chci svého tatínka!"

"KÁ, KÁ, KÁ!"

"KÁ, KÁ, KÁ!"

"KÁ, KÁ, KÁ!"

V Údolí smrti, kde byly uchovávány a skladovány lapače duší,

POP

POP

Dveře se rozletěly jako paže a duše vyšly ven, hledaly těla, v nichž měly ještě být, a následovaly křik dětí.

"Já chci maminku!"

"Já chci svého tatínka!"

"KÁ, KÁ, KÁ!"

"KÁ, KÁ, KÁ!"

"KÁ, KÁ, KÁ!"

Duše přelétaly z dítěte na dítě. Hledala domov, do kterého patří. Bylo to jako sledovat děti, které si hrají na honěnou, jak každá duše naráží na tělo, v němž se narodila, a vstupuje do něj. Duše a těla se opět spojily v jedno.

SHHHHHHHH.

Na okamžik se z těch malých dětí opět staly šťastné děti a vzduch naplnily zvuky radosti.

Zpátky v Údolí smrti Hadz a Reiki přesměrovali duše bez domova po celém světě, které se skrývaly, protože neměly vlastní Lovce duší. Jedna po druhé duše vstupovaly dovnitř a země se začala uzdravovat.

Samantha vyšla z domu, v náručí nesla své děti Jacka a Jill a přitom jim tiše zpívala: "Tiše, děťátko, neplač." Samantha se rozplakala.

POP.

POP.

"Dokázali jsme to!" objevili se Hadz a Reiki.

E-Z a jeho tým se vrhli kolem sebe. Plakali a smáli se. Pak plakali znovu, kvůli ztrátě jednoho ze svého týmu. Kvůli ztrátě jednoho z nich: Brandy.

Lii zazvonil telefon. Byla to zpráva od Brandy: "Přijela jsem do nákupního centra - zase! Doufám, že jsou všichni v pořádku a že jsme ty čarodějnice porazili!"

"Brandy je naživu!" Lia vysvětlila a pak odepsala: "Určitě jsme to dokázaly! Podrobnosti ti řeknu později."

"AHRHHRGHHHH!" Charles Dickens vykřikl. Jeho tělo se třáslo a chvělo. Když to přestalo, byl v transu s bezvýrazným výrazem ve tváři a s nataženými dlaněmi směřujícími vzhůru.

"Dostává moje oči na ruce?" Lia se zeptala.

Když vtom se z nebe snesla kniha - největší svazek v tvrdých deskách, jaký kdy viděli - a přistála Charlesovi v náručí, samotná její síla ho málem srazila z nohou. Charles se ustrnul, když se masivní kniha sama otevřela a listovala vlastními stránkami, dokud se z jejího nitra neozval hlas:

"Já jsem Cestopis alternativních světů."

Přestože hlas vycházel zevnitř knihy, rty Charlese Dickense se synchronně pohybovaly s každým slovem, zatímco v pozadí se stále ozýval dětský křik:

"KÁ, KÁ, KÁ!"

"WAH, WAH, WAH!"

"WAH, WAH, WAH!"

"Já chci maminku!"

"Já chci svého tatínka!"

"WAH, WAH, WAH!"

"WAH, WAH, WAH!"

"WAH, WAH, WAH!"

"Mám hlad!"

"Mám žízeň!"

Děti, které kdysi bydlely nejblíže k E-Zovu domu, k němu pochodovaly bok po boku.

"Slyšte mě!" Cestopis alternativních světů se rozezněl.

"Tohle je jednorázová nabídka.

Pokud budete vybráni, musíte si vybrat.

Pouze jednou, ať už vyhrajete, nebo prohrajete.

Nenech si tuto příležitost utéct.

Neboť už se nebude opakovat, v žádný jiný den."

Stránky se přetočily dopředu a pak zpátky. Dopředu a pak zpátky. Listování se zastavilo na jedné kapitole.

Kapitola s názvem Alfred. Byly tam jeho fotografie s rodinou. Všechny starší. Všichni zdraví a v pořádku. Na fotkách už nebyl Alfréd, labuť trubač. Byl to Alfred otec, manžel, muž.

Se slzami v očích se Alfred podíval na E-Z. Pohled, který mezi sebou sdíleli, říkal vše. Musel odejít. E-Z přikývl.

Pak se Alfred obrátil k Lii. I ona přikývla, protože věděla, že musí jít.

Labuť trubač Alfred vstoupil do kapitoly nesoucí jeho jméno a proměnil se zpět v člověka. A ze stránek Cestopisu alternativních světů zamával svým přátelům.

Nyní se stránky Cestopisu alternativních světů vrátily na začátek knihy. Stránky se přehazovaly, znovu a znovu, dopředu a zpět, zpět a dopředu, nakonec se zastavily u nové kapitoly. Kapitoly pojmenované pro Lachieho.

Na fotografii byl Lachie ještě nemluvně. Rodiče si ho odváželi z nemocnice domů. Nemluvně na fotografii mělo nemocniční náramek, který prozrazoval, že Lachieho skutečné jméno je Andrew.

"Ne, děkuji," řekl Lachie. "Já a miminko půjdeme brzy domů."

Cestovní deník Alternativní světy se zabouchl s takovou silou, že Charles málem upadl. Vzpamatoval se a o chvíli později kniha znovu začala listovat. Zpátky, dopředu. Míchal stránky jako balíček karet, dokud nepřistál na kapitole nazvané Haruto. Na fotografii byl se svou matkou a otcem.

"Ne, děkuji," řekl Haruto okamžitě. Vzal Sobovu ruku do své a řekl Lachiemu: "Nevadilo by ti, kdybys nás cestou domů vysadil v Japonsku?" "Ne," odpověděl.

"Jsem rád za společnost," přikývl Lachie.

Z knihy tentokrát vyšlehly plameny, než se zavřela, a Charles ji málem upustil.

Dětský křik bez odpovědi pokračoval a byl stále hlasitější, jak se blížili k E-Zovu domu:

"Já chci maminku!"

"Já chci svého tátu!"

"Mám hlad!"

"Mám žízeň!"

"KÁ, KÁ, KÁ!"

"KÁ, KÁ, KÁ!"

"KÁ, KÁ, KÁ!"

Charles zavřel oči.

"To je ono? zeptal se E-Z.

"A co my?" Lia se zeptala.

Charlesovi se začaly třást ruce. Jako by ho na paže tlačila tíha knihy. Pak se kniha zabouchla s takovou intenzitou, že klopýtl dopředu a posadil se. Zkřížil jednu nohu přes druhou a přitiskl si knihu na hruď.

Znovu se rozletěla, stejně jako Charlesovy oči, a stránky se opět pohybovaly jako mořské trávy na dně oceánu. Znovu se zaklapla. Pak se převrátila na záda. Uprostřed knihy se objevil rámeček. Nejprve byl prázdný, jako by na něco čekal. Pak se rozblikal a začal film.

Na Dodger Stadium už začal baseballový zápas. Dodgers hráli s Brewers. A E-Z Dickens byl chytač. Stál za pálkou a hrál jako profesionál. Na tribuně stáli jeho rodiče, hned nad kopačkami, a fandili mu.

ZEMSKÁ PAUZA.

Na několik vteřin jim sluneční světlo zakrylo cestu, když se na obloze objevila Ofaniela a zamířila k nim.

"E-Z, jen jsem ti chtěla říct, než se rozhodneš, že ať už se rozhodneš udělat, nebo neudělat cokoli, bude to mít následky pro ostatní."

"Jako třeba co?" zeptal se a nespouštěl oči ze zarámované verze sebe a svých rodičů, i když se v ní už nepohybovali.

"Přemýšlej o té nehodě... co by se nestalo, na světě, kdyby tví rodiče nikdy nezemřeli? Kdybys nikdy neztratil schopnost používat nohy?"

Podíval se směrem ke strýci Samovi, pak na Samanthu, Liu a dvojčata. Bez té nehody by se nikdo z nich nepotkal. Dvojčata by se nikdy nenarodila.

"Když se rozhodnu odejít a žít svůj sen, co se tady stane?" zeptal se.

"To je riziko, které bys musel podstoupit, a odpověď ti nemohu dát. Ale jedno vím jistě, jsi katalyzátorem a tmelem." "A co ty?" zeptal jsem se.

"Dobře, díky, že jsi mi to řekla."

ZEMSKÝ RESUMÉ

Ophaniel odešel.

"Ehm, ne, děkuji," řekl E-Z.

Sledoval, jak se s rodiči vytrácí. Obrazovka se vypnula. Rám zmizel a kniha se začala zvedat. Nahoru, nahoru, ven z Charlesovy náruče.

Charles stál, jako by ji stále držel. Zíral před sebe a díval se do prázdna.

Když byla daleko nad nimi, kniha vzplála. Zasyčela a vytvořila zápach, než se její zbytky zmenšily natolik, aby je zvedl vítr. A Cestopis alternativních světů už nebyl.

Charles se vrátil k sobě, když děti hromadně dorazily na E-Zovu ulici.

"Já chci maminku!"

"Já chci svého tátu!"

"Já mám hlad!"

"Mám žízeň!"

"KÁ, KÁ, KÁ!"

"KÁ, KÁ, KÁ!"

"KÁ, KÁ, KÁ!"

"Můžu jim vyprávět pohádku?" Charles se zeptal.

"To by neškodilo," řekla Lia.

Charles začal vyprávět příběh o Třech balvanech. Děti se přestaly hýbat, přestaly křičet, protože visely na každém jeho slově - dokud se náhle nezastavil.

"Ach, otrava!" vykřikl a všiml si, že každý jeho kousek se ztrácí a mizí, jako by země měla problémy s přenosem jeho signálu.

"Počkej!" E-Z se ozval. "Máš nějakou radu pro kolegu spisovatele?"

"Jsou knihy, u nichž jsou nejlepšími částmi hřbety a obálky - nedopusť, aby ta tvoje patřila mezi ně. Budete mi chybět!"

Někteří říkají, že přesně v tu chvíli se snesl paprsek světla, zvedl ho ze země a vynesl Charlese Dickense do nebe. Někteří říkají, že odjel na Malém Dorritovi a nikdo z nich už ho nikdy nespatřil. S jistotou věděli jen to, že Charles Dickens je toho dne opustil a už ho nikdy nikdo neviděl.

"KÁ, KÁ, KÁ!"

"KÁ, KÁ, KÁ!"

"KÁ, KÁ, KÁ!"

FIZZLE POP

Přijel Lovec duší. Otevřel dveře a vystřelil do vzduchu petardy.

Některá miminka se toho hluku lekla a některým se líbil, ve všech případech přestala plakat.

Když vystřelilo barvy do vzduchu, rozplývaly se a říkaly si následující:

POJĎ VEN, POJĎ VEN.

AŤ JSTE KDEKOLI!

"Co to chce?" E-Z se zeptal. "Nebo bych měl spíš říct, KDO to chce?"

"Jsem to já?" Sobo se zeptal.

"Ne, je to pro mě," řekl hlas za nimi. Byl to hlas Rosalie.

Všichni se k něčemu otočili v očekávání, že uvidí ducha nebo přízrak, ale to, co viděli, nebylo ani jedno z toho. Byla to Rosaliina podstata... nic jiného nevěděli.

"Sbohem, drahá Rosalie!" Sobo zavolal.

Bylo to docela pěkné rozloučení s esencí drahé Rosalie, E-Z a jeho tým na ni křičeli, mávali, házeli polibky a jásali. Byla to opravdová oslava všeho, co pro ně znamenala, když jejich milí přátelé nastoupili do jejího Lapače duší a ten odletěl.

Teď, když byl Charles pryč, se děti vrátily ke svému pláči,

"KÁ, KÁ, KÁ!"

"WAH, WAH, WAH!"

"KÁ, KÁ, KÁ!"

V pozadí se ozval nový zvuk. Zvuk nohou, mnoha nohou, běžících - rychle.

Jak proudily do ulice E-Z, maminky, tatínkové a děti se znovu setkávali se svými milovanými a k tomuto shledání docházelo po celé zemi.

"Bravo!" E-Z řekl svému týmu.

Zamávali na rozloučenou, zatímco Lachie, Baby, Haruto a Sobo odlétali pryč.

Nyní zůstali jen E-Z a Lia.

ZAP!

První přiletěla Poppet.

BONJOUR!

Následoval Francois.

"Ach, přišli jsme pozdě," řekl. "Všechno jsme prošvihli!"

Zevnitř domu se ozval Samanthin křik. "Ale ne, něco se děje s dětmi!"

Všichni se rozběhli dovnitř do dětského pokoje. Jack a Jill tvrdě spali.

Sam objal svou ženu kolem ramen. "Zdá se mi, že jsou v pořádku," zašeptal.

"Ale nejsou v pořádku!" Samantha řekla.

"To bude v pořádku," řekl Sam.

"Mně taky připadají v pořádku," řekl E-Z.

"Jen počkej," řekla Samantha. "Jen počkej a uvidíš. Nekřičela bych, kdyby..." Zubila se a potácela, jako by mohla spadnout.

Všichni se dívali a čekali. Deset, patnáct, dvacet ani třicet minut se nic nedělo.

Pak se najednou něco stalo.

Z drobných těl Jacka a Jill vycházelo žluté a zelené světlo.

"Hadz? Reiki?" E-Z vykřikl.

POP.

POP.

Jack a Jill se posadili, jak by to starší děti dokázaly. Což Jack a Jill ještě neuměli.

Samantha omdlela, zatímco Sam ji chytala.

"Co to sakra vy dva děláte?" E-Z se dožadoval. "Vypadněte odtamtud - hned!"

"Za odměnu jsme požádali, abychom se stali lidmi," řekl Hadz.

"A my jsme potřebovali těla." Reiki řekl: "A my jsme potřebovali těla."

"Ach, bratře," řekl E-Z, když se ozvalo zaklepání na vchodové dveře.

"Je někdo doma?" PJ a Arden se zeptali.

EPILOG

E-Z NAPSAL SLOVA: KONEC. Spokojený s tím, že se mu podařilo dokončit sérii čtyř knih, zavřel notebook.

"Pospěš si, E-Z!" zakřičel muž za ním.

E-Z si sundal chytačskou masku a rozhlédl se. Stál za střídačkou a chytal za Los Angeles Dodgers. Rozhodčí právě odmetával pálku. Vstal a zamířil do boxu, protože byl posledním hráčem mimo hřiště.

Poznal několik hráčů, když se pohyboval podél dugoutu a následoval je těsně za nimi.

Prsty si prohrábl vlasy, které měl celé blonďaté. Byly kratší a ostřeji střižené než kdykoli předtím. A byl vyšší, určitě přes metr osmdesát.

Co se to sakra dělo? Spal snad? Štípl se do tváře. Bolelo to.

"Jsi na palubě, E-Z!" křikl na něj trenér pálkařů.

Našel monitor a zkontroloval svůj odraz. Díval se na sebe, jako by byl cizí.

"Země E-Z," řekl mu trenér.

"Omlouvám se, trenére," řekl E-Z a zamířil k hangáru s bagrovacím náčiním. Jeho pálka byla označená, stejně jako zbytek jeho výstroje. Nasadil si ji a vstoupil do kruhu na palubovce.

Upravil si chrániče loktů a pak se připravil na první nadhoz. Spolu se svým spoluhráčem na pálce provedl několik cvičných odpalů. Zatímco čekal, upoutal ho pohyb na tribuně za dugoutem. Jeho matka a otec.

"Do toho, synku!" křikl na něj táta.

Ukázal rodičům palec nahoru a pak sledoval, jak jeho spoluhráč odpaluje a bezpečně se dostává na první metu.

E-Z vstoupil do pálkařského boxu, zavolal si čas, znovu vystoupil a několikrát se zhluboka nadechl.

Dej se dohromady, řekl si. Nechci tým zklamat. Soustřeď se. Soustřeď se.

Zvedl ruku, aby dal rozhodčímu najevo, že je připraven, a vrátil se na pálku.

"Pojď, E-Z!" zavolala na něj matka.

Soustředil se a sledoval, jak prochází první nadhoz. Nejspíš přes sto mil za hodinu. Připravil se na druhý nadhoz. Rozmáchl se a minul. Jeho spoluhráč ukradl metu a bezpečně přistál na druhé metě.

Tohle už je moc. Nejsem připravený. Musím se probudit. Musím se probudit - TEĎ.

Druhý nadhoz proletěl kolem. Rozmáchl se, ale nezapojil se. Přišel třetí nadhoz a on se s ním spojil. Sledoval, jak se jeho spoluhráč snaží dostat na třetí metu, ale byl vyhozen. Málem se dostal na první metu včas, ale soupeř si vysloužil dvojnásobnou hru.

Když byli dva outy, vrátil se do dugoutu, aby si oblékl chytačskou výstroj.

"Příště je dostaneš!" řekl mu otec.

I když se nedostal na metu, byl ve svém snu. Žil svůj sen. Ale jak? Nabídku z Cestopisu alternativních světů odmítl.

Dostaňte mě odsud! Takhle to nechci! Kde je strýček Sam? Kde je Lia? Kde jsou dvojčata?

Hlavou se mu rozlehl smích, když padl na zem a padal dál. Dokud s bouchnutím nepřistál na dřevěné podlaze, v nějaké chatě nebo chýši. Během několika vteřin po jeho přistání vzplála.

Na druhé straně místnosti seděla malá holčička. Nejdřív si myslel, že je to Lia, ale tahle dívka měla zrzavé vlasy. Pokusil se ji probudit, ale ani se nehnula.

Za ním se z pantů vymrštily vchodové dveře. Dovnitř vstoupila tmavá zahalená postava a za ní menší postava s kapucí. Mezi nimi vynesli dívku ven.

"Pomozte mi!" vykřikl.

"Pomoz si sám!" ozval se ženský hlas, vyšší z obou postav, když se kolem něj začaly bortit zdi.

Byl na stadionu, ležel na zádech na zemi a díval se rodičům do očí.

"Budeš v pořádku," houkli na něj.

Poděkování

Vážení čtenáři,

došli jsme na konec série E-Z Dickens. Pevně doufám, že se vám to četlo stejně dobře, jako se mně líbilo to psát.

Protože jste se mnou byli po celou dobu této série, mé závěrečné DÍKY patří vám, mým čtenářům. Jste úžasní!

Jako vždy vám přeji šťastné čtení!

Cathy

O autorovi

Cathy McGough žije a píše ve městě v kanadském Ontariu se svým manželem, synem, dvěma kočkami a jedním psem.

Také by:

NON-FICTION

103 nápadů na fundraising pro rodiče dobrovolníky s Školy a týmy (3. místo NEJLEPŠÍ KNIHOVNA 2016 METAMORPH PUBLISHING)

FIKCE

Rozhovory s legendárními spisovateli ze záhrobí (2. MÍSTO NEJLEPŠÍ LITERATURA 2016 METAMORPH PUBLISHING)

+ Dětské knihy

www.ingramcontent.com/pod-product-compliance
Lightning Source LLC
Chambersburg PA
CBHW030130010826
48973CB00002B/497

* 9 7 8 1 9 9 8 4 8 0 2 3 4 *